陶淵明　その詩と人生

陶淵明の像

◆はじめに

日本人によく知られた中国の詩人といえば何といっても陶淵明《とうえんめい》と李白《りはく》でしょう。

実は、この二人、日本の古典落語に登場していることを知ったのは、本書の草稿を書き上げて、中国文学に明るい野末陳平先生にアドバイスをいただいたときです。

陶淵明と李白が登場する落語の演目は『鉄拐《てっかい》』といって、いずれも名人といわれた三代目桂《かつら》三木助《みきすけ》師匠や七代目立川談志《たてかわだんし》師匠が演じていたそうです。二人が演じた『鉄拐《てっかい》』が、どんな内容かは、手近なところではYouTubeで談志師匠の名演を聞くことができますから、ここでは、詳しい紹介は省きます。

いうまでもなく、陶淵明と李白は二人揃って酒が大好きです。しかし二人の酒の飲み方は違っています。陶淵明は、静かに酒を楽しみ、李白は豪放磊落《ごうほうらいらく》、酒におぼれた感があります。二人の酒の飲み方を比べると、それだけで一冊の本ができそうですが、本書では、タイトルにあるように陶淵明の詩と人生に的を絞って紹介します。

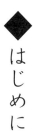

皆さんは、陶淵明の名前を聞いて、一体どんな人物像を描くでしょうか？

多くの読者は、陶淵明は中年になって、それまでの宮仕えを辞めて、「晴耕雨読」の田園生活を送り、閑《ひま》と金があれば酒を飲んで詩を賦した自由で気ままな、うらやましい人生を送った人物であるとイメージするのではないでしょうか。

私も、本書を書くまではそんな陶淵明の像を描いていました。しかし、彼の残した詩や文章をつぶさに読み、彼の生涯を記した史書などを読んでみると、次第に、これまでと違った陶淵明の姿が浮かび上がってきました。

陶淵明が残した詩や文章は、百三十余りです。四言詩、五言詩は合わせて百二十四ありますが、「廬《いおり》を結《むす》びて人境《じんきょう》に在《あ》り」で始まる有名な『酒を飲む（飲酒《いんしゅ》）その五』の詩のような田園生活をうたった詩はおよそ三十首と少なく、残りは「詠懐詩《えいかいし》」とよばれる、心に思ったことをうたった詩で、中には当時の政治や世相を厳しく批判した「刺世詩《しせいし》」が含まれています。

陶淵明は世捨て人ではなく、詩や文章を通じて世の中に対して積極的に発信を繰り返した言論人だったのです。

「詩《し》は志《こころざし》の之《ゆ》く所《ところ》なり　心《こころ》に在《あ》るを志《こころざし》と為《な》し　言《げん》に発《はっ》するを詩《し》と為《な》す」（『文選《もんぜん》』巻四十五）とありますが、陶淵明は田園で生活していても心に志を抱き続けていたのです。

一方、陶淵明の面白さは、『閑情賦《かんじょうふ》』と題する、現代でいえば女性に対するハラスメントともとられかねない韻文も残していることにも表れています。そうかと思えば、『桃花源記《とうかげんき》』のように、近代のユートピア思想にも通じる理想郷の姿を描いた文章も著しています。

陶淵明は、今から一六〇〇年以上前、日本でいえば古墳時代の人物です。しかも彼が生きた東晋《とうしん》の末は天下が麻のように乱れた「戦国時代」です。漢民族は、長江の南に追いやられ、長江の北側には「五胡十六国《ごこじゅうろっこく》」といわれた塞外《さいがい》の民族が争いを繰り広げた時代ですから、彼の履歴については、謎や空白があるのも無理のないことでしょう。本書では資料が限られる中で、彼の実人生に迫る努力をしました。その努力が報われる内容になったかどうかは定かではありませんが、読者の皆さんもぜひ、想像力を働かせて本書を読み進んでください。読み終わって、読書前に描いていた陶淵明像が改まり、彼の意外な一面が発見されれば、私の試みは半ば成功したと思います。

なお、本書では読み下し文を上段にし、読み仮名をふり、原文を下段に配する新しい試みをおこないました。読者に詩や文を音読《おんどく》してもらいたいとの思いからです。

また筆者は、漢詩の愛好者ではありますが、専門の研究者ではありません。本書は本職の政治活動の合間にコツコツと書きためた原稿をまとめたもので、事実誤認や思い違いもあるかと思います。読者諸賢のご海容を願うばかりです。

目次

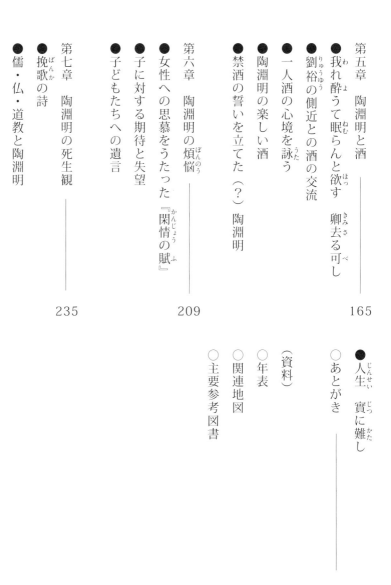

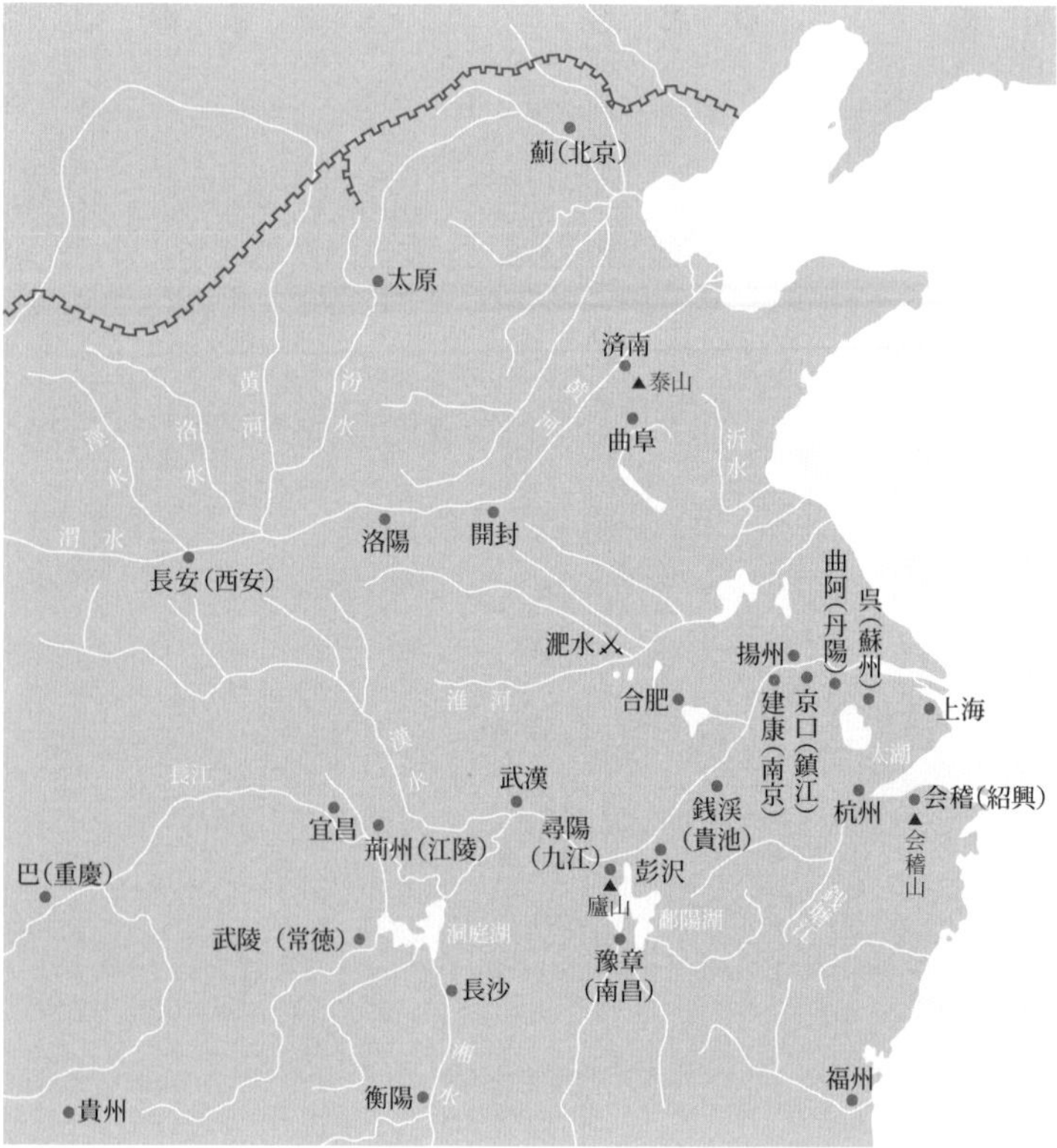

陶淵明 の関連地図

( ) 内は現在の地名で、( ) 前に表されてるのが東晋のものです。

第一章　陶淵明の謎

◆五柳先生伝《ごりゅうせんせいでん》

陶淵明《とうえんめい》の実像は謎に包まれています。名前からして、陶淵明《とうえんめい》という名と陶潜《とうせん》という名の二つが、現在に伝わっています。本書のタイトルで使った「陶淵明」は、本格的な陶淵明の伝記である梁《りょう》の昭明太子蕭統《しょうめいたいししょうとう》が書いた『陶淵明伝』によっていますが、その書物によっても「或いは云う潜《せん》」と、陶潜《とうせん》の名があることも記しています。また、最も早く陶淵明について触れた沈約《しんやく》の手になる『宋書《そうじょ》』「隠逸伝《いんいつでん》」では、「陶潜《とうせん》、字《あざな》は淵明《えんめい》、或いは云う、淵明、字は元亮《げんりょう》」としています。沈約《しんやく》の『宋書』が書かれたのは、陶淵明の死後およそ六十年のことで、蕭統《しょうとう》の『陶淵明伝』はさらに四十年後のことです。

彼の生年についても、多くの書物は『宋書』に由って西暦三六五年（東晋の哀帝《あいてい》の興寧《こうねい》三年）としていますが、これより十年早い生まれとしている研究者もいます。父親の名前もわかっていません。

私たちが高校の漢文の時間に学ぶ、有名な『帰去来の辞《ききょらいのじ》』でも、「帰りなんいざ」と意気込んで向かった家は、どこにあったのかもはっきりとしません。人生の最期を迎えた家もどこか、正確な場所は不明です。

もっとも、それも無理のないことで、陶淵明が活躍した時代（生年三六五年、没年四二七年）

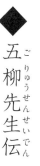

と、その前後は、日本でいえば古墳時代、倭国《わこく》の時代です。古代史に謎が多いことは、わが国では卑弥呼《ひみこ》で有名な「邪馬台国《やまたいこく》」がどこにあったか、長い間論争が続いたことからもわかると思います。文字が生まれ、いち早く『史記』などの歴史書が書かれた中国でも、この頃は、後漢が亡んだ後の魏・呉・蜀の三国鼎立時代、そして晋（西晋）の建国、滅亡、東晋、宋と続き、また華北では「五胡十六国」といわれたように、塞外民族の政権が次々と誕生し、隋《ずい》によって国土の統一が回復するまで、世の中が麻のように乱れた時代です。記録が散逸し、かつて栄えた都《みやこ》や城市《まち》が戦火によって焼かれ、一夜にして廃墟と化してしまう時代であったということができます。そんな時代に生きた陶淵明ですから、その人生に謎や不明な点が多く、残った詩や文章の創作年もわからないことがほとんどであってもやむを得ないことだと思います。

そうした事情を理解したうえで、はじめに紹介するのは、陶淵明自身の筆になる自叙伝ともいえる『五柳先生伝《ごりゅうせんせいでん》』です。「伝」は「伝記」の意味で、他人が書くことの多い伝記を、自分で書いているのが特徴です。また陶淵明は、本来、他者が本人の死後に書き、死者を弔う文章である「祭文《さいぶん》」や、柩《ひつぎ》を載せた霊柩車を引くときにうたう「挽歌《ばんか》」も自分で書いて楽しんでいるなど、一風変わった性格の人物です。そう考えてこの自叙伝を読むと、陶淵明の気質の一端をうかがい知ることができます。また、この『五柳先生伝』も制作年がはっきりせず、陶淵明が五十代の後半に書いたとの説がありますが、私は、陶淵明が、まだ若く、何の仕事にもつかずに晴耕雨読の日々を送っていた二十代後半のころの作品だと思います。前述した蕭統《しょうとう》の『陶淵明伝』でも、「淵明《えんめい》は少《わか》くして高趣《こうしゅ》有《あ》り　博学《はくがく》にして　善《よ》く文《ぶん》を属《つく》る」とあり、その例として「嘗《かつ》て『五柳先生伝《ごりゅうせんせいでん》』を著《あらわ》し以《もっ》て自《みずか》ら況《たと》う」と書いていています。

五柳先生伝《ごりゅうせんせいでん》

先生《せんせい》は何許《いずこ》の人《ひと》なるかを知《し》らざるなり
亦《ま》た其《そ》の姓字《せいじ》も詳《つまび》らかにせず
宅辺《たくへん》に五柳樹《ごりゅうじゅ》有《あ》り
因《よ》って以《もっ》て号《ごう》と為《な》す
閑静《かんせい》にして言少《ことばすく》なく　栄利《えいり》を慕《した》わず
書《しょ》を読《よ》むことを好《この》めども　甚解《じんかい》を求《もと》めず

五柳先生傳

先生不知何許人也
亦不詳其姓字
宅邊有五柳樹
因以爲號焉
閑靜少言　不慕榮利
好讀書　不求甚解

意《い》に会《かい》するもの有《あ》る毎《ごと》に
便《すなわ》ち欣然《きんぜん》として食《しょく》を忘《わす》る

先生はどこの出身か誰も知らない
またその姓名も詳《つまび》らかでない
家のほとりに五本の柳の木があるから
それを号《ごう》にしている
物静かで口数《くちかず》は少なく　名利《めいり》を追わない
読書好きだが　細かい詮索《せんさく》はしない
気に入った表現があればそのたびに
嬉しくなって食事をするのも忘れてしまう

毎有會意
便欣然忘食

性酒《せいさけ》を嗜《たしな》むも
家貧《いえひん》にして常《つね》には得《え》ること能《あた》わず
親旧《しんきゅう》　其《そ》の此《かく》の如《ごと》くなるを知《し》り
或《ある》いは置酒《ちしゅ》して之《これ》を招《まね》く
造《いた》れば飲《の》みて輒《すなわ》ち尽《つ》くし
期《き》すること必《かなら》ず酔《よ》う在《あ》り
既《すで》に酔《よ》いて退《しりぞ》き　曽《かつ》て情《じょう》を去留《きょりゅう》に吝《おし》まず

性嗜酒
家貧不能常得
親舊知其如此
或置酒而招之
造飲輒盡
期在必醉
既醉而退　曾不吝情去留

生まれついての酒好きだったが
家が貧しかったからいつも飲めるわけではなかった
親戚や古くからの友人が事情を察して
酒を準備して招いてくれる
すると彼はやって来るやいなやすぐに飲み干してしまい
酔ってしまえば満足である

いったん酔えばすぐ席を立ち　未練がましく長居することはなかった

環堵《かんと》蕭然《しょうぜん》として　風日《ふうじつ》を蔽《おお》わず
短褐穿結《たんかつせんけつ》し　簞瓢《たんぴょう》屡々《しばしば》空《むな》しきも
晏如《あんじょ》たり
常《つね》に文章《ぶんしょう》を著《あらわ》し自《みずか》ら娯《たの》しみ
頗《いささ》か己《おの》が志《こころざし》を示《しめ》す
懐《おも》いを得失《とくしつ》に忘《わす》れ
此《こ》れを以《もっ》て自《みずか》ら終《おわ》る

環堵蕭然　不蔽風日
短褐穿結　簞瓢屡空
晏如也
常著文章自娯
頗示己志
忘懐得失
以此自終

家は狭くわびしく　風や日差しを防ぐこともできない
着る物も粗末で　食べ物や飲み物にも事欠くことがあっても

心は穏やかだった
いつも文章を書いては自分で楽しんでいた
文章の中では自分の志を述べたつもりで
世間の得失《とくしつ》ははなから気にせず
こうして一生を終わっていくのだ

環堵《かんと》とは、家の周囲の広さが一堵《いっと》(塀の面積の単位。高さ二尺、横の長さ八尺を一板《はん》といい、五板が一堵《と》)のことで、狭い家のたとえです。

この自伝によれば、陶淵明は物静かで読書好き、文章を書くのも好きだが、何を生業《なりわい》にしているかは明らかではなく、無類の酒好きと自ら告白しています。しかし、酒を飲んでも適量を口にして、すぐ酔っぱらい、早々と酒席を立ち去ります。酔って他人に迷惑をかけることはありません。

陶淵明といえば、後にせっかく就職した官職をなげうって、田園生活を送ったことで有名ですが、この自伝には宮仕えのつらい思い出も、四十一歳で官を辞め、田舎暮らしを始めたことも書かれていません。

特に、この「辞官帰田《じかんきでん》」（官職を辞めて田園に帰る）は彼の人生で一大転換点ともいえる出来事で、晩年にこの文章を書いたとすれば、そのことに触れていないのは不自然です。やはり制作年代は、まだ若いころで、陶淵明は二十九歳で最初に仕官して、すぐ退職していますから、その前の時期の作品だと思われます。

余分な記述を削ぎ落した軽妙洒脱な文章を書いていることから、年齢を重ねてからの作品だとする見方もありますが、名文家というのは、若いときから凡人には書けないような文章をさらりと書く天賦の才能を有するものです。

この後、陶淵明は、何度か仕官し、宮仕えはどうしても自分の性分に合わないことを確認して、やがて田園暮らしを始め、農民と同じ苦しい労働に耐え、多くの詩や文章を後世に残します。

次に紹介する詩は彼の代表作ともいえる作品です。

この詩は明治時代の文豪、夏目漱石《なつめそうせき》がその小説『草枕』の中でも引用しています。漱石は、自ら漢詩を作り、その作品は、新宿区早稲田南町にある「漱石山房記念館《そうせきさんぼうきねんかん》」に展示されていて、私も同館を訪れたことがあります。また、漱石は、その名前からして漢籍に造詣が深かったことがわかります。

漱石は読み下し文では「石に漱《くちすす》ぐ」となりますが、本来は、隠者の生活ぶりをうたった「石《いし》に枕《まくら》し　流《なが》れに漱《くちすす》ぐ」との表現を西晋の孫楚《そんそ》が間違えて「石《いし》に漱《くちすす》ぎ　流《なが》れに枕《まくら》す」といってしまったことに因ります。

負けず嫌いの孫楚は、間違いを指摘されても、誤りを認めず、「石に漱ぐのは、歯を磨くためで流れに枕するのは、つまらないことを聞いたときに耳を洗おうとするためだ」といって、その場を取り繕ったそうです。多少へそ曲がりなところのある漱石は、この話を気に入って自分の号に使ったのでしょう。

孫楚《そんそ》の受け答えが、見事だったことから、「さすが」の漢字に「流石」を当てるのもこの故事から来ていると聞いたことがあります。

漱石は十五、六歳のころ漢学塾の二松学舎に学び、漢詩文の素養を積んでいます。明治二十二年の夏、二十三歳の漱石は学友とともに房総半島を旅行し、その時の見聞を漢文で綴った『木屑録《ばくせつろく》』を著わし、この紀行文は中国人が読んでもおかしなところのない名文で、日本人の書いた漢文の白眉《はくび》であるとの評価を得ています。

漱石の話はさておき、陶淵明の「菊《きく》を采《と》る東籬《とうり》の下《もと》」の句は、特に漢詩好きの人でなくても、多くの日本人が知っている詩の一部分です。

◆菊《きく》を采《と》る東籬《とうり》の下《もと》

酒《さけ》を飲《の》む　二十首《にじゅっしゅ》　その五

盧《いおり》を結《むす》びて　人境《じんきょう》に在《あ》り
而《し》かも車馬《しゃば》の喧《けん》無《な》し
君《きみ》に問《と》う　何《なん》ぞ能《よ》く爾《しか》ると
心遠《こころとお》ければ　地《ち》自《おのずか》ら偏《へん》なりと
菊《きく》を采《と》る東籬《とうり》の下《もと》
悠然《ゆうぜん》として南山《なんざん》を見《み》る
山気《さんき》　日夕《にっせき》に佳《か》なり
飛鳥《ひちょう》　相与《あいとも》に還《かえ》る
此《こ》の中真意《うちしんい》有《あ》り
弁《べん》ぜんと欲《ほっ》して已《すで》に言《げん》を忘《わす》る

飲酒　二十首　其五

結蘆在人境
而無車馬喧
問君何能爾
心遠地自偏
采菊東籬下
悠然見南山
山氣日夕佳
飛鳥相與還
此中有眞意
欲辯已忘言

私の住まいは人里《ひとざと》の中だが
訪れる役人もいない
どうしてそんなことができるのだろうかと問われるが
心が世俗から離れれば自《おの》ずと平静は保たれるものだ
東の籬《まがき》のもとで菊をとり
ゆったりとした気分でいると南山の姿が目に入る
山のたたずまいは　やはり夕方がいい
鳥たちがねぐらに帰っていく
この中にこそ人生のあり得べき真の姿がある
言葉にしようと思っても言葉にならない

全体で二十首に及ぶ『酒を飲む（飲酒）』と題する一連の詩は陶淵明が三十代後半に無職でいたころ、ないしは四十一歳で、せっかく就いた彭沢県令《ほうたくけんれい》（彭沢県の知事）の職を辞して、「園田《えんでん》の居《きょ》」に帰った直後に作った詩であるとする説と、田園暮らしが十年以上続いた五十代に作った詩であるとする説と、諸説ありますが、二十首あるので、長い時間かけて作った詩の数々を、『酒を飲む』と題してまとめたものであると考えるべきでしょう。いずれにせよこれらの詩は宮仕えを離れ、田園生活を送っている間に作った詩であることに違いはありません。

特にここで紹介する『その五』の詩は、彭沢県令を辞めて、いよいよ本格的な田園生活に入って、さほど日を経ていない時期の作品であると思われます。詩の冒頭に「廬《いおり》を結《むす》びて　人境《じんきょう》に在《あ》り」と詠われています。陶淵明が住んでいた「人境《じんきょう》」とは、「人の住むところ。俗界」の意味ですから、世捨て人の隠れ家のような山奥ではなく、郊外の土地で所々に田や畑もあり、農民などの庶民が暮らす「人里《ひとざと》」でした。陶淵明は役所とは無縁の生活ですから役人が車や馬に乗って訪ねてくることはありません。しかし近隣の住民との行き来は絶えていません。

ここで気になるのは、陶淵明が彭沢県令《ほうたくけんれい》を辞めた後に帰った家は、一体どこに在ったのかという疑問です。生まれ育った郷里《きょうり》の家なのか、それとも別の場所にあった隠居用の家なのか、はっきりしません。そういえば、詩題は『酒を飲む』となっていますが、詩中に「酒」の文字はありません。これもどうしたことでしょう。これらの謎解きは、後にして、ここでは『酒《さけ》を飲《の》む　二十首《にじゅっしゅ》　その五《ご》』をもう少し味わうことにします。

「菊《きく》を采《と》る東籬《とうり》の下《もと》　悠然《ゆうぜん》として南山《なんざん》を見《み》る」の句の「南山《なんざん》」は江西省北部に位置し、北に長江が流れ、南に鄱陽湖《はようこ》を望む廬山《ろざん》であることは改めて説明するまでもないと思います。

廬山にはいくつもの峰が並び、清少納言《せいしょうなごん》の『枕草子《まくらのそうし》』で有名な香炉峰《こうろほう》も、そのひとつです。一番高い峰は漢陽峰《かんようほう》で、高さは千四百七十四メートルといいますから、わが国の北海道の阿寒岳《あかんだけ》程度の高さです。南山と呼ばれる所以《ゆえん》は、この地方の中心地であった九江《きゅうこう》から見て南にあたる方角にあるので、こう呼ばれたようです。

「悠然《ゆうぜん》として南山《なんざん》を見る《み》」を「悠然《ゆうぜん》として南山《なんざん》を望《のぞ》む」と紹介するテキストもありますが、北宋の詩人、蘇軾《そしょく》は「ここは『望《ぼう》』ではなく『見《み》』の字でなくてはならない」と指摘しています（『東坡志林』）。手元の漢和辞典（『広漢和辞典』）を調べると、「望」は遠方を見やる、「見」は見える、とあります。なにものにもとらわれない気持ちになって、遠くの南山の姿が、見るともなしに目に入ってくると解釈すべきでしょう。

詩の後半の「山気《さんき》　日夕《にっせき》に佳《か》なり」の心境は、私も還暦を過ぎたころからしみじみと感じるようになりました。私の住むマンションのベランダから、晴れた日には丹沢連峰の山並みの先に富士山が望めます。私がまだ壮年だったときは早朝に起きて富士山を仰ぐのが好きでした。「朝気蓬勃《ちょうきほうぼつ》」

という言葉があるように、朝の気は勢い盛んでエネルギーがみなぎっています。富士山を望んで、「さあ、今日も一日がんばるぞ」と誓ったものですが、歳を重ねるとともに、私の心の中に変化が生じました。暮れなずむころ、遠くの富士山の姿を見る時に感じる幸福感は、まさに「此《こ》の中真意《うちしんい》有《あ》り　弁《べん》ぜんと欲《ほっ》して已《すで》に言《げん》を忘《わす》る」です。

陶淵明が詩の中で述べるように、「ゆったりとした時間の流れの中に、人生の真の姿がある。この幸福感は言葉では言い表せない。この感覚を体得した者にだけわかればそれでいい」、そんな思いに駆られます。「真意」は「本当の姿」の意味ですが、陶淵明は他の詩でも「真」の文字を多用します。

『荘子《そうじ》』「漁夫篇」に、孔子が一人の漁夫に「真」とは何かと尋ねる場面があります。漁夫は「真は天から与えられたものである。自ずとそうなるので易《か》えることのできないものである」と答えます。陶淵明にとって、天から与えられた人間の生き方は、自然の中で自由に生きることで、やっと自分が天から与えられた生き方、つまり自然に還ることができた喜びをうたった詩です。

陶淵明はこの詩一首を残しただけでも、「自然派詩人」として、後の世の多くの詩人や文人の高い評価を得ることが十分できたと思われます。この詩はつくづく味わいの深いものです。

◆火災に遭った「園田《えんでん》の居《きょ》」

陶淵明《とうえんめい》の故郷として広く知られているのは、東晋の時代の行政区画では江州尋陽郡柴桑県《こうしゅうじんようぐんさいそうけん》で、現在の江西省九江市《こうせいしょうきゅうこうし》の西部にあたり、長江の中流域南岸に位置します。この他に、同じ江西省の宜豊《ぎほう》（現在の江西省宜春市《ぎしゅんし》）との説もありますが、この説は中国でも少数意見となっているので、ここでは尋陽郡柴桑県を故郷として話を進めます。

柴桑県《さいそうけん》は尋陽郡《じんようぐん》の太守《たいしゅ》（長官）の在所でしたから、陶淵明が後に県令をつとめた彭沢県《ほうたくけん》より大きな県であったと思われます。中国では県の上に郡が設けられています。陶淵明の父は、没落貴族（上流階級）でしたが、かつて一族が晋王朝の高官もつとめたことがある陶家としては尋陽郡《じんようぐん》の中心地の柴桑《さいそう》県に、それなりの屋敷を構えていたのでしょう。

陶淵明の詩や文、後の資料によって、彼は生涯に三カ所の居宅に住んだことが明らかになっています。そのいずれも江州尋陽郡《こうしゅうじんようぐん》の周辺にあったようです。最初の家はもちろん、陶淵明が生まれ育った家です。この家については「上京《じょうきょう》」にあったとの説があります。今では「上京」の場所がどこか、正確にはわかりません。しかし、この家は陶家の本宅で柴桑《さいそう》の城内にあったと考えられます。陶淵明の詩や文の中ではこの地の自宅を「閑居《かんきょ》」と称しています。

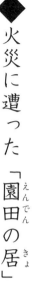

二番目の家が、彭沢県令《ほうたくけんれい》の職を辞して向かった「園田の居《えんでんのきょ》」です。この家があった場所が「上京」だとの説もあります。ここは陶家の別荘ともいえる土地で、淵明自身は彭沢県令《ほうたくけんれい》を辞して、一旦、本宅に戻りますが、数日の滞在で、いよいよ本格的な田園生活を送るためにこの別荘に移り住んだと思われます。陶淵明はこの地の住宅を「園田の居」と称しています。この住居はその後、四年目に火災にあって家屋は全焼し、一家は引っ越しを余儀なくされ、その後、「南村《なんそん》」に移り住みます。

南村《なんそん》も現在は、どこであるか不明です。陶淵明が南村に移った年は四一一年（安帝《あんてい》の義熙《ぎき》七年）、四十七歳のときと判明しています。この南村の家は「弊廬《へいろ》」と呼ばれ、「園田の居」より手狭な住宅ということが彼の詩の表現により明らかです。陶淵明は、この住宅で最期を迎えたとの説もありますが、陶淵明と親交を結んだ、顔延之《がんえんし》が陶淵明の死後著した『陶徴士誄《とうちょうしるい》』（「誄《るい》」は死者を悼んで、生前の功徳などを述べる文）の中で西暦四一四年（安帝《あんてい》の義熙《ぎき》十年）、五十歳のときに再び、上京の「閑居」に移り、ここで亡くなっていると記しています。

また、陶淵明は、これらの住宅と土地の外に、祖先から受け継いだ農地（荘園）を二カ所、所有していました。それぞれ「西田《せいでん》（西疇《せいちゅう》）」、「下潠田《かそんでん》」と呼ばれ、本格的な農業は、この土地で行っていました。居宅からかなり離れた郊外にあり、陶淵明四十六歳の作『庚戌歳九月中《かのえいぬのとしくがつちゅう》 西田《せいでん》に早稲《そうとう》を獲《か》る』、五十二歳の作『丙辰歳八月中《ひのえたつのとしはちがつちゅう》 下潠《かそん》の田舎《でんしゃ》に獲《か》る』の詩は、それぞれの地で農作業に従事した時のことを詠ったもので、田舎《でんしゃ》は農作業のときに使う小屋のことです。後に紹介する有名な『帰去来《ききょらい》の辞《じ》』にも舟や車で農地に向かったことが記述されています。陶淵明は没落したとはいえ、晋王朝の地主階級の末裔ですから、この程度の屋敷や別荘、土地は所有していたのです。

もちろん、これらの陶家の旧居は現在、姿を留めていません。陶淵明よりおよそ四百年後の白《はく》居易《きょい》は、陶淵明の故居を訪ねて詩を作っています。その詩の「序」は次のように綴られています。

陶公《とうこう》の旧宅《きゅうたく》を訪《と》う　　白居易

余《よ》　夙《つと》に陶淵明の人《ひと》と為《な》りを慕《した》う
往歳《おうさい》　渭上《いじょう》に閑居《かんきょ》せしとき
嘗《かつ》て陶体《とうたい》に効《なら》う詩《し》　十六有《あ》り
今《いま》　廬山《ろざん》に遊《あそ》び　柴桑《さいそう》を経《へ》　栗里《りつり》に過《よ》ぎる
其《そ》の人《ひと》を思《おも》うて其《そ》の宅《たく》を訪《たず》ね
黙黙《もくもく》たること能《あた》わず

訪陶公舊宅　　白居易

余夙慕陶淵明爲人
往歳渭上閑居
嘗有效陶體詩十六
今遊廬山　経柴桑　過栗里
思其人　訪其宅
不能黙黙

又題此詩云

又《また》 此《こ》の詩《し》を題《か》きつくと云《い》う

私は早くから陶淵明の人柄を慕っていた
その昔　渭水のほとりに住んでいたとき
陶淵明の詩体をまねて詩を十六首作った
いま　廬山に遊び　柴桑を経て　栗里に立ち寄った
陶淵明をしのんで　その旧宅を訪ねた
感激して黙っているわけにいかず
この詩を作った次第である

白居易が訪れた旧宅は、栗里《りつり》にあり、かつて陶淵明が住んでいた家ということですが、当時の栗里が現在のどの場所を指すのかはっきりしないため、陶淵明が何時《いつ》住んだ、どの家かは、不明です。

陶淵明から白居易までの四百年間の中国は大きな戦乱を経ています。唐の時代の白居易が暮らした草堂は、廬山山系の香炉峰《こうろほう》の麓《ふもと》に現在も残っています。もちろん現存する建物は後に建て直しています。これに対して、現在、陶淵明の旧居を知る手掛かりは、陶淵明が酒に酔って寝込んだといわれている「酔石《すいせき》」と、墓所《ぼしょ》が遺《のこ》っているだけです。「酔石《すいせき》」は廬山《ろざん》観光のついでに立ち寄ることができ観光コースにも組み込まれているようです。

実際に二〇〇四年秋に、この「酔石《すいせき》」を訪問した静岡県掛川市在住の漢詩愛好者山崎昌弥《やまさきまさや》氏の旅行記によれば、「酔石は高さが約三メートル、上部が平らで、ほぼ四角い形をした岩である。側面に自然にできた足場があり、岩登りの要領で登ることができる。上部はひろさ約十平方メートル、平らだがやや傾いている」、「詩人になった気分でそこに横になってみたが、どうにも寝心地が悪い。もし酔っぱらって眠ってしまえば、寝返りを打った瞬間、下の川へ転落してしまいそうだ」、とのことで、この石も実際に陶淵明が酔って寝たものかどうか、はなはだ疑問です。

墓所も古くからの墓は、面陽山《めんようざん》の山腹にあり、『大漢和辞典』の編者、諸橋轍次《もろはしてつじ》博士が大正年間に、この墓を訪ねたことがあるようですが、前掲の山崎氏の報告によれば、現在は、軍事基地内で立ち入り禁止となっています。

こう考えると陶淵明の生活空間についてはわからないことが多く、これまでも中国や日本の研究者の間で論争が繰り返されてきました。しかし、いずれにしろ、陶淵明が官職を離れ、向かった

「園田《えんでん》の居《きょ》」で生活した期間は、さほど長くはなく、火災によって去らなければならなくなったことは明らかです。陶淵明の「園田の居」を突然襲った火災について彼自身が作った詩があります。その一部を紹介します。

戊申《つちのえさる》の歳六月中《としろくがつちゅう》　火《ひ》に遇《あ》う

草盧《そうろ》　窮巷《きゅうこう》に寄《よ》せ
甘《あま》んじて以《もっ》て華軒《かけん》を辞《じ》す
正夏《せいか》　長風急《ちょうふうきゅう》にして
林室《りんしつ》　頓《にわか》に焼燔《しょうはん》す
一宅《いちたく》　遺《のこ》れる宇《いえ》無《な》く
舫舟《ぼうしゅう》　門前《もんぜん》に蔭《いん》す
迢迢《ちょうちょう》たり　新秋《しんしゅう》の夕《ゆう》
亭亭《ていてい》として月将《つきまさ》に円《まど》かならんとす

戊申歳六月中遇火

草盧寄窮巷
甘以辭華軒
正夏長風急
林室頓焼燔
一宅無遺宇
舫舟蔭門前
迢迢新秋夕
亭亭月将圓

果菜《かさい》　始《はじ》めて復《ま》た生《しょう》ずるも
驚鳥《きょうちょう》　尚《なお》お未《いま》だ還《かえ》らず
中宵《ちゅうしょう》　竚《たた》ずみて遥《はる》かに念《おも》い
一盼《いちはん》　九天《きゅうてん》を周《めぐ》る

私のあばら家は狭い路地の奥にあって
華やかな役人生活を辞めてからの粗末な家だ
夏の日　遠くから吹いた強い風によって
木立のなかの家はあっという間に焼けてしまった
屋敷全部燃え尽きて屋根すらない
門前の川に舟をもやって雨露をしのいでいる始末だ
秋の夜長の夕べ
高い空の月はいま満月になろうとしている
果樹や野菜はふたたび芽を吹きだしたが

果菜始復生
驚鳥尚未還
中宵竚遥念
一盼周九天

火事に驚いて逃げた鳥はまだ戻ってこない
真夜中にひとり佇んで思いを遥かにはせると
たちまち天を駆け巡った気持ちになる

戊申《つちのえさる》の歳《とし》は西暦四〇八年（安帝《あんてい》の義熙《ぎき》四年）、陶淵明四十四歳のときです。六月は旧暦では季夏《きか》（夏《なつ》の季《すえ》）で、すぐ秋になります。その初秋の夕べ、陶淵明は悲嘆にくれて、この詩を詠んだのです。「華軒《かけん》」とは貴人が乗る豪華な車。「宇《いえ》」は家または屋根のことで、「宇宙」との表現は中国では古くから使われています。「宇」は空間を、「宙」は時間を示し、「宇宙」で無限の時間と空間の意で、天地のうち、つまり世界を示す意味もあります。「一盼《いちはん》」の「盼《はん》」は目の黒白がはっきりしているさま、「一盼」でまたたく間の意味となります。

やっと束縛の多い宮仕えから解放され、「園田《えんでん》の居《きょ》」に移り、自然を相手に精神の自由を得た陶淵明の生活は、この火災をさかいに一変したといってもいいでしょう。「園田の居」でくらした三年は彼にとって至福のときであったに違いありません。

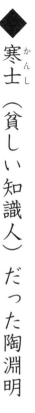

◆寒士《かんし》（貧しい知識人）だった陶淵明

陶淵明の一生は次の三つの時代に区分して考えるのが一般的です。

①生まれてから二十九歳まで。

二十九歳というのは、陶淵明が江州の「祭酒《さいしゅ》」の仕事に就いた年です。それまでは、晴耕雨読、晴れた日には畑を耕し、雨の日には読書に耽った日々を過ごしていたと考えられます。今でいう「モラトリアム生活」を送り、特定の職にも就いていませんでした。

②二十九歳から四十一歳まで。

陶淵明はこの間、何度か官職に就いてはすぐ辞め、最後は、彭沢県《ほうたくけん》の県令《けんれい》となりますが、わずか八十一日で、辞表をたたきつけ、かねてから望んでいた田園生活に入ります。

③四十一歳から亡くなる六十三歳まで。

この間は、本格的な田園生活を送り、二度と出仕することはありませんでした。先ほど紹介した『酒を飲む　二十首　その五』など、多くの有名な詩や文章を著します。

彼の人生でクライマックスともいえるときは、四十一歳で彭沢県令《ほうたくけんれい》を辞して、田園に帰った瞬間でしょう。この決断によって彼の人生は、それまでの就職してはすぐ退職し、また就職するといった中途半端な生き方に別れを告げ、新たな生活を送ることとなり、その日々の田園生活の中で得られた多くの詩文が今日に至るまで読み継がれ、読む者の魂を大きく揺さぶり続けているのです。

ここで、改めて陶淵明の誕生から、人生のクライマックスを迎えるまでの半生について振り返っておきます。

陶淵明の祖先を知るには、彼自身が長男の儼《げん》の命名に際して書いた詩『子《こ》に命《なづ》く』があります。

この時代の中国では子どもが生まれるとすぐに、「幼名」を付け、子どもが幼児期を脱して成童（五歳もしくは八歳以上）になると正式な諱《いみな》をつけることが習わしでした。幼名は可愛い名前が多く、成童になってから名付ける名前は親が字の意味を考えて命名します。陶淵明が長男につけた「儼《げん》」という名の字義は白川静先生の『字通』（平凡社）によれば、「つつしむ、つつしむさま、よいさま」とあります。陶淵明は長男に「つつしみ深い人間になって欲しい」と願ってこの名を選んだのでしょう。

「悠々たる我が祖　爰《ここ》に陶唐《とうとう》自《よ》りす」で始まるこの詩は四言八句からなる段が、第十段まである長編ですので、ここではその内容をかいつまんで紹介します。

「わが祖先は古代には五帝の一人である堯《ぎょう》帝陶唐氏《とうとうし》にさかのぼることができる。周代には司徒《しと》（現代の首相）の陶叔《とうしゅく》が出て一族は栄えた。漢の時代には高祖の功臣陶舎《とうしゃ》が、数々の武勲をたてて愍侯《びんこう》とおくりなされた。その子孫の陶青《とうせい》も宰相となり、父祖の功績を継いだ。曾祖父の陶侃《とうかん》は長沙公となり南国征討で名をあげ、死後に大司馬《だいしば》の称号を与えられた。祖父は厳粛な人物で武昌《ぶしょう》太守《たいしゅ》になった。慎み深い父は一時官途についたが、官途の浮き沈みにも、喜怒を表に出さない人物だった」

この詩の記述から見る限り、陶淵明は名門の出と呼ぶにふさわしい人物です。祖父の名は武昌《ぶしょう》太守《たいしゅ》の肩書から、陶茂《とうぼう》、もしくは陶岱《とうたい》だと推測されますが、父の名は『子《こ》に命《なづ》づく』の詩に記載されていないだけでなく、他の史書にあたっても明らかになっていません。このことからもわかるように、陶淵明は、上流階級の流れを汲みながら、父の時代には没落した家に育ったのです。経済的に恵まれないのに、貧しさを恥と思わず、気位高く生きる人を「寒士《かんし》」（寒素之士《かんそのし》）と呼びますが、陶淵明はまさに「寒士《かんし》」として時代を生きることを運命づけられていたのでしょう。

名前がわからない父は、陶淵明が二十歳前後で亡くなっていると思われます。父親の死は、陶淵明が幼年期であったとする説もあります。その根拠になっているのが、四一一年（安帝の義熙《ぎき》七年）、陶淵明が四十七歳の時に従弟《いとこ》の陶敬遠《とうけいえん》の死に際してつくった『従弟敬遠を祭る文《じゅうていけいえんをまつるぶん》』に次のような表現があるからです。

父は即《すなわ》ち同生《どうせい》　母は即《すなわ》ち従母《じゅうぼ》なり
相《とも》に齠齓《ちょうしん》に及《およ》んで　並《なら》びに偏咎《へんきゅう》に罹《かか》る

父即同生　母即従母
相及齠齓　並罹偏咎

お互いの父は兄弟だったし　母はお互い伯叔母《おば》同士だった
そのうえ　私たちの父は　お互いがまだ髪も短く歯も生え変わらない時に亡くなった

「齠齓《ちょうしん》」の「齠《ちょう》」は「髫《ちょう》」と同じで、うなじのところで切りそろえた子どもの髪のこと。「齓《しん》」は歯が生え変わること。つまり陶淵明も陶敬遠《とうけいえん》も七、八歳のときに父親を亡くしたと書いているのですが、この表現は従弟に合わせての詩的表現だと思います。前述したように陶淵明は『子《こ》に命《なづ》く』の中で父について「淡焉《たんえん》として虚《きょ》す　迹《あと》を風雲《ふううん》に寄《よ》するも　茲《こ》の慍喜《おんき》を冥《くら》くす」と表しています。その意味は「(父は) 正直な人で、一時仕官したが、官界の浮き沈みにも喜怒を表に出さなかった」というものです。七歳や八歳の子どものときに亡くなった父親についてこれだけ具体的な記述をおこなうことはできないと思われます。後に母から聞いた父の印象を綴ったとも考えられますが、私は父が亡くなったのは、陶淵明が二十歳前後と推測しています。なぜならばこの頃から陶淵明の家の経済状況が急速に悪化しているからです。

また、陶淵明には男の兄弟はなく、腹違いの妹が一人いただけです。三歳違いの彼女は後に程氏《ていし》に嫁ぎ、陶淵明が、彭沢県令《ほうたくけんれい》を辞するときに、「妹の喪に服するため」と辞職の理由にした人物です。

陶淵明の父には、陶淵明の母となる正妻の他に、程氏《ていし》に嫁いだ妹の生みの母、つまり側室が一人いました。この母は陶淵明が十二歳、妹が九歳のときに亡くなっています。

父親の正妻でない母を、中国では「庶母《しょぼ》」と呼びます。陶淵明の生みの母は陶淵明が三十七歳になるまで長生きしています。

陶淵明の母は孟氏の娘で、祖父は孟嘉《もうか》といい、陶淵明は、彼のために『晋故征西大将軍《しんこせいせいだいしょうぐん》長史孟府君伝《ちょうしもうふくんでん》』を書いています。当時の晋は、国防の要所である首都の建康《けんこう》（現在の南京市）周辺に北府《ほくふ》を、長江の中流に位置し、交通の要衝である荊州《けいしゅう》に西府《せいふ》を置き、それぞれ精強な軍隊を駐屯させ外敵や内乱に備えました。その駐留軍の長を、それぞれ征北大将軍《せいほくたいしょうぐん》、征西大将軍《せいせいたいしょうぐん》と呼んでいました。孟府君《もうふくん》つまり孟嘉《もうか》は、征西大将軍《せいせいたいしょうぐん》であった桓温《かんおん》の長史《ちょうし》（属官《ぞくかん》）をつとめていたのです。

この『孟府君伝《もうふくんでん》』を読むと、いろいろなことがわかってきます。ひとつは、孟嘉《もうか》の曾祖父《そうそふ》は、「二十四孝《にじゅうしこう》」の一人である、孟宗《もうそう》だということです。「二十四孝」といっても現在の若者にはほとんど知られていないでしょう。元《げん》の郭居敬《かくきょけい》が、中国の古代からの親孝行な二十四人の物語を紹介して、後世の模範とすべく編纂した書物です。二十四人の中には古代の五帝の一人に数えられる舜《しゅん》や宋の詩人であった黄庭堅《こうていけん》なども含まれ、そのほとんどは父母に「孝」をつくした男性の物語ですが、中には唐夫人《とうふじん》のように姑に孝行をした女性の話しも記されています。儒教では「孝」が最大の美徳で、日本でも江戸時代に、親孝行を勧めるために、中国の「二十四孝」の物語は「お伽草紙」や寺子屋の教科書となり、庶民によく知られていました。

私も子どものころ、明治生まれの祖母に、「二十四孝《にじゅうしこう》」の話を聞かされた記憶があります。

孟宗《もうそう》はその中の一人で、三国時代の呉に生まれ、幼いころ父を亡くし、病気がちの母と二人暮らしでしたが、その母親が真冬に筍《たけのこ》を食べたいというので、冬山に分け入って懸命に筍を探すと、雪に埋もれた土の中に筍を掘り出すことができ、それを彼女の食事に供したところ、たちまち元気になったという話です。孝行者の孟宗《もうそう》はその後、呉の司空《しくう》（副宰相）に出世しました。日本にもたくさん生えている孟宗竹《もうそうちく》は彼の名前からとったといわれています。

◆陶侃《とうかん》の影響を受けた陶淵明

もうひとつわかったことは、外祖父《がいそふ》の孟嘉《もうか》は、陶侃《とうかん》の十女を娶ったということです。先ほどの陶淵明の詩『子《こ》に命《なづ》く』には、陶侃は曽祖父《そうそふ》と書かれています。陶侃は元々、漁業を生業にする渓族《けいぞく》の出身で、武功を立て征西大将軍《せいせいたいしょうぐん》になると、これをやっかんだ人々から「渓狗《けいく》（渓族のイヌ）」とののしられていたとの記録も『晋書《しんじょ》』などにあります。

こうした記述を受けて、現代中国の高名な文学者である郭沫若《かくまつじゃく》は、その書『李白《りはく》と杜甫《とほ》』の中で「陶侃《とうかん》は少数民族の渓族《けいぞく》の出身であろう」と書いています。

陶侃《とうかん》と陶淵明の関係は、現代の陶淵明研究者の間でも、諸説あり、陶侃は陶淵明の父方の直系の親族ではないとする見方が存在します。陶侃《とうかん》は、晋王朝の名門の出ではないことははっきりしています。彼もまた「寒士」の一人ですが、軍人として各地の反乱を鎮圧したことで出世の階段を駆け上がりました。そのため魏の英雄曹操《そうそう》を尊敬し、その影響を強く受けています。曹操は二二〇年に生涯の幕を閉じており、陶侃は二五九年の生まれですから、もちろん直接、曹操の薫陶を受けた世代ではありません。

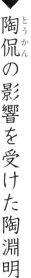

しかし、東晋の軍人出身の実力者である、桓温《かんおん》や桓玄《かんげん》、そして劉裕《りゅうゆう》などが揃ってそうであったように、陶侃《とうかん》は曹操に一種のあこがれの念を抱いていました。そして、軍人としてこの時期に各地で頻発した反乱を討伐するなかで、軍閥《ぐんばつ》として勢力を養い、桓温《かんおん》や桓玄《かんげん》、劉裕《りゅうゆう》のように帝室を脅かすまでに勢力を広げました。当時の帝室は、すっかり弱体化していましたから、こうした軍閥に抵抗する術《すべ》はなく、表向き、「禅譲《ぜんじょう》」（皇帝がその位を子孫へ伝えず有徳者に譲る）の形をとりながら、その実、軍閥によって帝位を簒奪されることになったのです。

陶侃《とうかん》は七十五歳まで長生きをして、一時は東晋の皇帝から「禅譲」を受け、自らが皇帝になる野望を抱いていましたが、結局は、皇帝になれずにこの世を去りました。

また、陶侃《とうかん》は勤勉で、自彊不息《じきょうふそく》（自らつとめはげんで一刻も休まないこと）の強靭な肉体と精神を持ち、農作業にも熱心で、浮ついたことが嫌いな性格でした。この性格は陶淵明に受け継がれたと考えられます。陶侃《とうかん》は酒の飲み方も生真面目で、自分で決めた量を飲み終えると、それ以上は決して口にしなかったそうです。陶淵明が酒を飲んでも決して乱れなかったのは、陶侃《とうかん》の影響だとの見方もあります。

ここで改めて、魏・呉・蜀の三国鼎立時代の後の魏の歴史について、陶淵明の生涯に重ねてその流れをざっとおさらいしておきます。

三国志の英雄、曹操の長男曹丕《そうひ》の時代になって魏は諸葛孔明と戦った司馬懿《しばい》（字は仲達《ちゅうたつ》）と子の司馬昭《しばしょう》によって政治の実権を奪われます。司馬昭の子司馬炎《しばえん》は魏の最後の皇帝元帝《げんてい》より禅譲《ぜんじょう》を受け、二六五年ついに晋（西晋）を建国します。晋は現在の北朝鮮から、北京、成都、ハノイまでを版図とする一大帝国となり、二八〇年に呉を滅ぼし天下を統一しましたが、その後、内乱と北方異民族の侵略によって三一六年には都の洛陽が攻め落とされ、狼邪王《ろうやおう》だった司馬睿《しばえい》によって江南地方に東晋王朝が樹立されます。

陶淵明が誕生した三六五年に東晋は建国からすでに四十八年経ち、徐々にその勢力が衰え始めていました。この後の五十年余りで東晋は、外圧と内乱により国力を急速に失い、亡国に至る道を歩むことになります。こうした戦乱の世の推移は陶淵明の精神に大きな影を落としたことは間違いありません。そんななか、征西大将軍《せいせいたいしょうぐん》として権勢をふるった桓温《かんおん》は、陶淵明が九歳の年に六十二歳でこの世を去り、替わって権力を得たのが謝安《しゃあん》でした。謝安《しゃあん》は桓温《かんおん》と違って、寛容の精神の持ち主でバランス感覚にあふれた人物でした。家が裕福だったため若いころは、読書に耽《ふけ》り、風雅を愛《め》でていました。政界に出たのが四十歳を過ぎてからで、皇帝になろうなどとの野望もなく、晋朝が少しでも長続きすることのみを願っていました。

また、謝安《しゃあん》は国都の建康《けんこう》（現在の南京市）に住まず、近くの会稽《かいけい》（現在の紹興）に住み、永和《えいわ》九年（三五三年）三月三日の禊《みそぎ》の日に、会稽の蘭亭《らんてい》に、風雅の士四十人余りを集めて宴会を開いたことはよく知られています。そのとき参加者が詠んだ詩に、王羲之《おうぎし》が序文を書き、書をしたためたのが有名な『蘭亭序《らんていじょ》』です。「書聖」といわれる王羲之ですが、彼自身の手になる真筆は現存せず、現在私たちが見ることのできる彼の書は、いずれも複製です。王羲之《おうぎし》が亡くなったのは三七九年（孝武帝の太元四年）で陶淵明十五歳のときでした。

戦乱の時代のこの時期は、実は文化芸術方面で多彩な才能が花開いたときでした。「書聖」といわれた王羲之《おうぎし》の生年は三〇三年、東晋の恵帝の太安二年ですから陶淵明の少し先輩です。また、「画聖」と称された顧愷之《こがいし》は宮廷内の女性達の生活を描いた『女史箴図《じょししんず》』で有名ですが、大英博物館所蔵の同図は顧愷之自身が描いた作品ではなく、後に模写されたものであることがわかっています。山水画で有名な宗炳《そうへい》、詩人の謝霊運《しゃれいうん》も陶淵明と同時代人です。仏教では仏図澄《ぶっとちょう》、鳩摩羅什《くまらじゅう》、慧遠《えおん》などが活躍し、仏図澄と鳩摩羅什はともに西域の出身で、仏図澄は主に布教につとめ鳩摩羅什は仏典の漢語訳に尽力しました。歴史家では『三国志』の註を書いた裴松之《はいしょうし》などが活躍しています。

このころ、五胡の一つの「氐族《ていぞく》」によって建国された「前秦《ぜんしん》」は第三代皇帝の苻堅《ふけん》によって華北を統一し、その勢いを駆って百万の軍勢で東晋の領土を侵します。このとき晋軍は「淝水《ひすい》の戦《たたか》い」において謝安の甥《おい》の謝玄《しゃげん》、何謙《かけん》、劉牢之《りゅうろうし》らの武将の奮闘で、前秦軍に壊滅的な損害を与えます。といっても晋軍と前秦軍の間で激烈な正面戦が戦われた記録はなく、晋軍が淝水《ひすい》を渡河するところを狙って攻撃をしかける前秦軍の作戦に齟齬《そご》が生じ、前秦軍は勝手に潰走してしまったのが真実です。

いずれにしろ前秦軍は撤退し、晋軍大勝の知らせを受けたとき陶淵明は十九歳。多感な青年時代でしたが、このころから陶淵明の家庭は貧困にあえぐこととなります。

陶淵明が、のちの六十代になって作った詩『会《さと》ること有《あ》りて作《つく》る』の冒頭に、「弱年《じゃくねん》にして　家《いえ》の乏《とぼ》しきに遭《あ》い」とあります。「弱年」とは、二十歳の意味ですから、「二十歳のころから、家が傾き始めた」と自ら明かしています。また、陶淵明五十四歳ころの作といわれている『怨詩楚調《えんしそちょう》　龐《ほう》主簿鄧治中《しゅぼとうじちゅう》に示《しめ》す』にも「弱冠《じゃっかん》にして　世《よ》の阻《けわ》しきに逢《あ》い」との表現があります。

古代中国では男性は二十歳になると元服し冠をつける習慣があり、これを「弱冠《じゃっかん》」といいます。この表現からも二十歳のころ、世の中の厳しさを実感したことがわかります。

また、当時の記録では、ちょうど陶淵明が二十歳になったころから、東晋の国土は、干ばつと洪水に見舞われ、大飢饉が発生したことになっています。陶淵明の家庭が貧しさに苛《さいな》まれたのも、この自然災害と無縁ではなかったはずです。

しかし、そんななかで、陶淵明は勉学に没頭しました。

こののちに紹介する『酒《さけ》を飲《の》む　二十首《にじゅっしゅ》　その十六《じゅうろく》』の詩の最初の部分で次のように記しています。

少年罕人事　　少年《しょうねん》より人事《じんじ》罕《まれ》にして
遊好在六経　　遊好《ゆうこう》は六経《りくけい》に在《あ》り

若いころから　人つきあいが苦手で
興味を持ったのは　儒教《じゅきょう》の経典《きょうてん》だった

もちろん陶淵明は儒教の経典だけでなく、当時の知識人の間で流行《はや》った、老荘思想の書物も愛読していました。しかし、陶淵明にとっては、陶家の一人息子として、官吏となり、没落した家を興すことは、片時も忘れられない責務であったに違いありません。そのためには、当時の公認の学問である儒学の経典を勉強することは必須の課題でした。なお六経《りくけい》とは、儒教の基本的な経典である六つの経典、つまり「易経《えききょう》」、「詩経《しきょう》」、「書経《しょきょう》」、「春秋《しゅんじゅう》」、「礼記《らいき》」、「楽記《がくき》」（または「周礼《しゅうれい》」）です。このうち、「楽記」は早く失われたため、これを除いた五つの経書を五経《ごきょう》といいます。

第二章　陶淵明の出仕

◆江州《こうしゅう》の「祭酒《さいしゅ》」となる

陶淵明が初めて官職に就いたのは、三九三年（孝武帝の太元《たいげん》十八年）、陶淵明二十九歳のときでした。江州の刺史《しし》（地方長官）王凝之《おうぎょうし》（王羲之《おうぎし》の次男）の幕僚となり、州の「祭酒《さいしゅ》」の職を与えられます。「祭酒《さいしゅ》」とは、古代に祭事を行うとき酒を地の神に供える役割の主宰者《しゅさいしゃ》を表しましたが、漢代以降、学制《がくせい》を司《つかさど》る長官の呼称となっていました。また、東晋の時代には、軍隊の人事、武器調達、治安維持、戸籍係、水利管理まであらゆる雑務を実際に処理する役目でした。仕事は煩雑で多忙をきわめ、その割には認められずに収入も少ない仕事だったからでしょうか、彼は、この最初の仕事を短期間で辞めてしまいます。

陶淵明が「祭酒」の職を辞した理由は、ほかに、王凝之《おうぎょうし》が、思いのほか教養がなく、当時流行していた天師道《てんしどう》（五斗米道《ごとべいどう》）の熱心な信者だったことに嫌気がさしたからともいわれています。天師道は後漢末に張陵《ちょうりょう》によって始められ、主に蜀（現在の四川省）で伝道がおこなわれ信者を集めました。信者は張陵のことを天師と尊称したので天師道の名が付きました。また信者は入信すると五斗（現在のおよそ五合）の米を上納する決まりとなっていたので五斗米道とも呼ばれていました。

いずれにしろ三十歳近くまで、貧しいながらも晴耕雨読の気ままな生活を送ってきた陶淵明にとって役所仕事の毎日は、気疲れする日々であったと思われます。江州の「祭酒」を短期間で辞した陶淵明にその後、同じ江州の「主簿《しゅぼ》」の仕事のさそいがありましたが、陶淵明は、これを断ります。「主簿《しゅぼ》」は州の刺史《しし》（長官）の下の群丞《ぐんじょう》、別駕《べつが》のさらに下の役職で、文書や帳簿の管理を司り、庶務を統括することから、「祭酒《さいしゅ》」と同じように、煩雑な仕事をこなさなければならない職種でした。「祭酒」の仕事を辞めたばかりの陶淵明が、この仕事を避けたことは当然といえば当然の判断ですが、私は陶淵明の気位の高さを感じます。しかし、陶淵明のこのプライドの高さが、後の彭沢県令《ほうたくけんれい》を辞め、本格的な田園生活に入り、多くの文学作品を残したことにつながります。人生にとってプライドが高いことは損な役回りを演じることになりがちですが、長い目で見て大事を成し遂げる人物に必要な資質はプライドであるともいえます。プライドは一般に「自尊心」と訳されますが、この場合、私は「志操」と表現します。陶淵明こそ若いころから高い「志操」の持ち主だったのです。

三十歳前後の陶淵明の履歴はいまひとつはっきりしませんが、初めての出仕、そして早々の辞職に前後して、二十歳のころ娶《めと》った妻王氏を亡くしています。

先ほど紹介した『怨詩楚調《えんしそちょう》　龐主簿鄧治中《ほうしゅぼとうじちゅう》に示《しめ》す』の詩に、「始室《ししつ》にして其《そ》の偏《つま》を喪《うしな》う」との句があります。「始室」とは三十歳のことで、「偏《つま》」は半身、英語のベターハーフ、妻のことです。

陶淵明は最初の妻を亡くしてから、間もなく後妻、翟《てき》家の娘と結婚し、二人の妻との間に五人の男の子をもうけました。このほかにも女の子も一人以上いたはずですが、当時は女の子は、子どもの数の中に入らず、現在のジェンダー平等から考えればそれは、ひどい時代でした。

長い中国の歴史のなかで、ほとんどの時代、一般の女性には名前がありませんでしたから、王氏、翟氏と、その親や嫁いだ先の家の姓で表すことしかできません。また一般の女性に名前がなかったことは、つい七十数年前に中華人民共和国が成立したことによってはじめて近代的な戸籍制度が誕生するまで続きました。

四川料理で有名な「陳家麻婆豆腐《マーボードウフ》」の名前は、陳家の麻婆《マーポー》（あばたのおばさん）と呼ばれていた女性の作った豆腐料理がことのほか美味しかったことによります。彼女には名前が無かったので、こう呼ぶしかなかったのです。その後、中国では文化大革命の時期に、麻婆は差別的な表現ということで「麻辣（マーラー、しびれる辛さ）豆腐」と呼ばれるようになりましたが、残念ながらこの名前はわが国ではほとんど浸透しませんでした。

陶淵明の二番目の妻の翟《てき》氏の没年ははっきりしませんが翟《てき》氏一族は尋陽《じんよう》では有名な隠士の家系でした。陶淵明に嫁いだ娘の父親は翟法賜《てきほうし》と呼ばれていたことがわかっています。後妻の翟氏は、夫が官職を辞し安定した収入もない中で、酒好きの陶淵明を支え、多くのこどもの養育を成し遂げ、良妻賢母《りょうさいけんぼ》の鏡と評価する見方もあります。もっとも現在では、良妻賢母などという言葉は死語でしょうが……。

五人の男児の名前は分かっています。長男は『子《こ》に命《なづ》く』の詩で明らかなように儼《げん》で、他に一歳違いの弟、俟《し》がいます。そしてさらに二歳違いの、份《ふん》、佚《いつ》、がいて、最後に四歳違いの佟《とう》となっています。いずれも人偏《にんべん》をつけています。これだけでも十分「子だくさん」ですが、さらに女の子がいたとすれば、これらの子どもたちにひもじい思いをさせないための出費だけでも大変です。二十九歳での初めての仕官も、経済的に行き詰まっての選択だったと思います。しかし、ほどなくその職もなげうってしまいました。当時の陶淵明の生活はいかばかりであったか？　その一端をうかがい知る詩を紹介しましょう。

食《しょく》を乞《こ》う　　乞食

飢《う》え来《きた》って我《われ》を駆《か》り去《さ》るも　　饑來驅我去

知《し》らず　竟《つい》に何《いず》くに之《ゆく》かを
行《ゆ》き行《ゆ》きて斯《こ》の里《さと》に至《いた》り
門《もん》を叩《たた》けども　言辞拙《げんじつたな》し
主人《しゅじん》　余《よ》の意《い》を解《かい》し
遺贈《いぞう》あり　豈《あ》に来《きた》るを虚《むな》しくせんや
談諧《だんかな》いて日夕《にっせき》を終《お》え
觴《さかずき》　至《いた》れば輒《すなわ》ち杯《さかずき》を傾《かたむ》ける
情《じょう》に新知《しんち》の歓《かん》を欣《よろこ》び
言詠《げんえい》して遂《つい》に詩《し》を賦《ふ》す
子《し》が漂母《ひょうぼ》の恵《めぐ》みに感《かん》じては
我《わ》が韓《かん》の才《さい》に非《あら》ざるを愧《は》ず
銜《ふく》み戢《おさ》めて何《いか》に謝《しゃ》すべきかを知《し》らんや
冥報《めいほう》　以《もっ》て相貽《あいおく》らん

不知竟何之
行行至斯里
叩門拙言辭
主人解餘意
遺贈豈虛來
談諧終日夕
觴至輒傾杯
情欣新知歡
言詠遂賦詩
感子漂母惠
愧我非韓才
銜戢知何謝
冥報以相貽

飢えにたえられなくなって家を出てきたものの
いったいどこへ行こうとしていたのだろうか
歩き続けてこの村にやってきた
ある家の門を叩いて事情を話そうとしたが　口下手な私は説明できない
家の主人が　私の様子から窮状を察してくれた
食べ物をめぐんでもらったので　来たのもムダではなかった
主人と話をしていると　いつのまにか夕暮れになってしまった
酒もでてきて杯を重ねた
新しい知人もできた喜びを感じて
こころに浮かんだ思いを詩にしたためた
韓信《かんしん》を助けてくれた老婆の行いにも似た主人の厚意に感謝するが
自分には韓信のような才能がないのが恥ずかしい
厚情を胸にしっかり刻むが　どうやってお礼をいえばいいのかわからない
あの世に行ってから恩返ししたい

漢の高祖の功臣である韓信《かんしん》は、「股《また》くぐり」の逸話で有名ですが、『史記』にはもうひとつ、彼がまだ若いころ、空腹をかかえて釣りをしていたところ、川で木綿《もめん》を晒《さら》していた老婆が食べものをめぐんでくれ、何日か家に泊めてくれたとの話が紹介されています。老婆に救われた韓信《かんしん》は、出世したのちに彼女を探し出し、その恩に報いたそうです。

『史記』の作者司馬遷は、一介の庶民から楚の王にまでなり、結局は謀反を企てたとして粛清された韓信に対して強い思いを抱き、韓信の生地に直接出かけて古老から彼のエピソードを聞いています。このエピソードは、そんな中で発見されたのでしょう。

陶淵明は、その故事を思い出して詩に盛り込みました。

陶淵明が実際に乞食《こじき》をしたかどうか定かではありません。また、この詩は制作年が不詳であることから、生活の苦しさをうたった詩ではなく、仕官運動をしたときのみじめさを述べたものとも考えられています。たしかに、地方の、地位もさほど高くない「祭酒《さいしゅ》」の仕事に就いたことは、貴族の末裔《まつえい》としての誇りの高い彼にとっては、乞食《こじき》をすることとあまり違わない屈辱だったのかも知れません。詩には、親切な主人が登場して、酒までごちそうしてくれますが、現実の職場では、そうはいかなかったのでしょう。早々と、職を辞して、その後の再就職の誘いも断っていますから、よほど意に沿わない就職だったと思われます。

◆三十而立（三十にして立つ）

『論語《ろんご》』「為政篇《いせいへん》」には「三十而立（三十にして立《た》つ）」との有名な言葉があります。三十歳になれば、独立してやっていけるようになるとの意味で、もちろん、この言葉は陶淵明も十分理解していたはずです。現代でも三十歳前後といえば、社会での経験をある程度積み、人生で一番脂ののった時期といえるのではないでしょうか。そして現代よりはるかに寿命の短かった当時の中国では、三十歳前後で芽が出なければ、その後の人生での活躍はほとんど期待できないと考えられていたに違いありません。ちなみに諸葛孔明《しょかつこうめい》は二十七歳で劉備《りゅうび》と出会い、二十八歳のとき、赤壁《せきへき》で曹操の軍と戦い手柄をたてています。その曹操《そうそう》も、三十代では黄巾《こうきん》の乱《らん》を鎮圧し、その功績によって三十四歳で済南《さいなん》の相に任じられています。

こう考えると三十歳前後の陶淵明は、「このままくすぶっていていいのか。こうして自分の前途は閉ざされていくのか……」と自問して暗澹たる気持ちに沈むことが多かったと想像されます。意にそわぬまま仕官しても、やはり自分の性分にはそぐわないことがわかり、元の暮らしに戻ってはみたものの、それでは家族を養っていくことができずに、また仕官を模索する。そんな繰り返しの日々を送っていたのでした。しかも、当時の東晋は、帝室がすでにその力を失い、軍閥の台頭を許した時代ですから、陶淵明の仕官する先は晋王朝の官僚になるより、何らかの形で軍閥とかかわらざるを得ない状況にありました。
次の詩を読むとこうした陶淵明の心境がよくわかります。

始《はじ》めて鎮軍《ちんぐん》の参軍《さんぐん》と作《な》りて
曲阿《きょくあ》を経《へ》しときに作《つく》る

弱齢《じゃくれい》より事外《じがい》に寄《よ》せ
懐《おもい》を委《ゆだ》ぬるは琴《きん》と書《しょ》に在《あ》り
褐《かつ》を被《き》て欣《よろこ》んで自得《じとく》し
屡《しば》しば空《むな》しきも常《つね》に晏如《あんじょ》たり
時来《ときき》たりて苟《いやしく》も冥会《めいかい》せば
轡《たづな》を宛《ま》げて通衢《つうく》に憩《いこ》う
策《つえ》を投《な》げて晨装《しんそう》を命《めい》じ

始作鎮軍参軍
經曲阿作

弱齢寄事外
委懐在琴書
被褐欣自得
屢空常晏如
時來苟冥會
宛轡憩通衢
投策命晨装

暫《しばら》く園田《えんでん》と疎《そ》なり
眇眇《びょうびょう》として孤舟《こしゅう》逝《ゆ》く
綿綿《めんめん》として帰思《きし》の紆《まつ》わる
我《わ》が行《こう》　豈《あに》遥《はる》かならざらんや
登《のぼ》り降《くだ》ること千里《せんり》の余《よ》なり
目《め》は川塗《せんと》の異《こと》なれるに倦《う》み
心《こころ》は山沢《さんたく》の居《きょ》を念《おも》う
雲《くも》を望《のぞ》んでは高鳥《こうちょう》に愧《は》じ
水《みず》に臨《のぞ》んでは游魚《ゆうぎょ》に愧《は》ず
真想《しんそう》は初《はじ》めより襟《きん》に在《あ》り
誰《だれ》か謂《い》う　形迹《けいせき》に拘《こう》せらると
聊《いささ》か且《か》つ　化《か》の遷《うつ》るに憑《よ》りて
終《つい》には班生《はんせい》の廬《いおり》に返《かえ》らん

暫與園田疎
眇眇孤舟逝
綿綿歸思紆
我行豈不遙
登降千里餘
目倦川塗異
心念山澤居
望雲慚高鳥
臨水愧游魚
眞想初在襟
誰謂形迹拘
聊且憑化遷
終返班生廬

私は若いころから浮世離れした暮らしで
音楽や書籍の世界に心を遊ばせていた
粗末な衣服を着てそれで満足していた
いつも腹を空かせていても平気であった
偶然の巡り合わせでそのときがきてしまった
馬の轡《たづな》の方向を変えて仕官することになった
今までついていた杖を投げ捨て朝早く旅支度をした
暫《しばら》く田園での生活から離れ
ただひとつぽつんと川に浮かんだ舟が進むにつれ
故郷に帰りたいとの思いを断ち切れないでいる
思えば遠くにきたものだ
登り降《くだ》りして千里の道のりをやってきた
川筋の景色が次々と変わることにも飽きて
心は山や川に囲まれた故郷の家を想う

雲を見上げては空高く飛ぶ鳥に自分の身の上を愧《は》じて
水辺にたてば自由に泳ぎ回る魚をうらやましく思う
真実の生活への思いは初めから胸の中にはある
役所の仕事にしばられていると批判する人もいるだろう
しばらくは時の流れに身を任せ
最後は班固《はんこ》の父が住んだような自由に暮らせる廬《いおり》に帰ろう

この詩は陶淵明が、初めて鎮軍《ちんぐん》（反乱軍を鎮圧するための軍）の参謀となり、曲阿《きょくあ》（現在の江蘇省丹陽市《こうそしょうたんようし》）を通過したときに作った詩ですが、制作年に二説あります。

ひとつの説は、三九九年（安帝《あんてい》の隆安《りゅうあん》三年）、陶淵明三十五歳の作で、鎮軍将軍は劉牢之《りゅうろうし》です。もう一つは、四〇四年（安帝《あんてい》の元興《げんこう》三年）、陶淵明四十歳の作となり、将軍は劉裕《りゅうゆう》です。元々、鎮軍《ちんぐん》は反乱が起きたときに組織される臨時の軍の組織ですから、三九九年または四〇四年に反乱があったかどうかを調べれば、詩の制作年はたちどころにわかるはずですが、この時期は反乱が相次ぎ、鎮軍自体がほぼ常時存在していたことから、話がややこしくなります。

三九九年の前年、三九八年（安帝の隆安二年）に起こった大きな反乱としては桓玄《かんげん》が江陵《こうりょう》で、軍政長官の殷仲堪《いんちゅうかん》をそそのかし王恭《おうきょう》とともに起こした謀反が挙げられます。このとき、司馬道子《しばどうし》、元顕《げんけん》親子の調略《ちょうりゃく》に乗って、王恭《おうきょう》討伐に向かうのが劉牢之《りゅうろうし》です。陶淵明は劉牢之《りゅうろうし》軍の幕僚になったと考えられます。また、三九九年には、道教系の天師道《てんしどう》（五斗米道《ごとべいどう》）教団の孫恩《そんおん》に率いられた数十万に及ぶ反徒が、現在の浙江省一帯で反乱を起こし、当時会稽内史《かいけいないし》（地方長官）となっていた王凝之《おうぎょうし》を殺害します。王凝之《おうぎょうし》は前述したように王羲之《おうぎし》の次男で、彼自身も天師道に共感を抱いていましたから、孫恩《そんおん》の軍を仲間と考え、油断していたところを襲撃されたようです。このときも反乱軍の鎮圧に出動したのは首府建康を守る北府軍《ほくふぐん》で、その将軍は劉牢之《りゅうろうし》です。

他方、四〇四年（安帝の元興三年）の乱といえば、前年、桓玄《かんげん》が晋の首府建康《けんこう》に攻め込み、安帝に廃位を迫り、自ら皇帝を名乗り、国号を「楚《そ》」と定めた事件です。「楚」は結局三カ月しか持たなかった短命政権でしたが、こうした動きに対して建康《けんこう》を奪還するのはかつて陶淵明と同じく劉牢之《りゅうろうし》の部下だった劉裕《りゅうゆう》です。このとき劉裕《りゅうゆう》は京口《けいこう》（現在の江蘇省鎮江市《こうそしょうちんこうし》）で兵をあげ、安帝《あんてい》により鎮軍将軍《ちんぐんしょうぐん》の称号を授けられます。詩はこのときの作とも考えられるのです。

◆ひたすら故郷の田園を想う

こうしてみると作詩の時期は三九九年説、四〇四年説、どちらにも根拠はあるようですが、私は三九九年説に軍配を上げます。この点については、岩波書店の『中国詩人選集4　陶淵明』（一九五八年刊）において、一海知義《いっかいともよし》氏はこの詩の注で「（陶淵明）四十一歳の作『乙巳《きのとみ》の歳三月《としさんがつ》　建威参軍《けんいさんぐん》となり都《みやこ》に使《つか》いして銭渓《せんけい》を経《へ》しとき』に『我《わ》れ斯《こ》の境《さかい》を践《ふ》まざりしより、歳月《さいげつ》、好《はなは》だ已《すで》に積《つ》めり』という斯境《このさかい》とは故郷から揚子江をくだる川筋のことをいうのであろうし、『好《はなは》だ已《すで》に積《つ》めり』が詩的誇張であるにしても、わずか一年足らず前に更に下流の鎮江《ちんこう》付近に旅していたと考えるのはおだやかでなく」と記して三九九年説を支持しています。

この詩を三九九年、陶淵明三十五歳の作とすると、もう一つ陶淵明の三十代の作品として制作年が判明している詩、『庚子《かのえね》の歳五月中《としごがつちゅう》　都従《みやこよ》り還《かえ》るに　風《かぜ》に規林《きりん》に阻《はば》まる』との関連がわかります。

この時期の庚子《かのえね》の歳は四〇〇年（安帝の隆安四年）と判明していますから陶淵明三十六歳の作で、このとき陶淵明は、荊州刺史《けいしゅうしし》の桓玄《かんげん》に仕えていたことがわかっています。桓玄《かんげん》は桓温の末子で、陶淵明より四歳年下です。荊州《けいしゅう》は父の桓温《かんおん》の時代からの地盤となっていました

ここで改めて、本書に登場する荊州《けいしゅう》・江陵《こうりょう》（現在の湖北省《こほくしょう》）、江州《こうしゅう》・尋陽《じんよう》（現在の江西省《こうせいしょう》）、そ

して建康《けんこう》（現在の江蘇省南京市《こうそしょうなんきんし》）の位置関係を頭の中に入れておくと、陶淵明の人生の軌跡がわかりやすくなります。当時の東晋は、西晋と比べて、国土は半分ちかくになってしまいました。西晋の首府は洛陽《らくよう》だったことからもわかるように、黄河流域の中原は版図《はんと》に入っていました。ところが東晋になると黄河流域は「前秦《ぜんしん》」の領土となり、東晋の勢力が及ぶ地域は長江流域以南となってしまいました。

そして長江に沿って、上流から荊州《けいしゅう》・江陵《こうりょう》、江州《こうしゅう》・尋陽《じんよう》、首府の建康《けんこう》の順に下っていきます。陶淵明は、この三つの地域を行き来して、最後は故郷の江州《こうしゅう》・尋陽《じんよう》で田園暮らしの末、生涯を終えています。

二度目の出仕をした桓玄《かんげん》に対して陶淵明は最初、好感をいだいていたようです。教養もあり、度量が広く部下からも信頼されている人物で、陶淵明が仕官した当時の桓玄《かんげん》の決起も晋帝室をないがしろにする「君側《くんそく》の奸《かん》」を取り除くためのものであると陶淵明も信じていたにちがいありません。最初は荊州《けいしゅう》を中心に、桓玄《かんげん》のもとで働くことを考えていた陶淵明は北府軍の劉牢之《りゅうろうし》が桓玄側についたことから、劉牢之軍《りゅうろうしぐん》の傘下に入り、そのまま翌年まで劉牢之軍と行動をともにしていたと理解されます。しかし、その後の桓玄《かんげん》の行動を見ると、ライバルを蹴落とすことに腐心し、競争相手がいなくなると、今度は自分が皇帝になろうと陰謀をめぐらす権力の亡者の姿が次第に明らかになってきます。陶淵明の生きた時代は、そのような時代であったと言ってしまえばそれまでですが、陶淵明はそんな桓玄《かんげん》の生き方を身近でつぶさに見て、やはり彼は自分が忠誠を尽くす人物ではないと感じたのでしょう。

この詩が詠われた曲阿《きょくあ》（丹陽）の地は、現在は江蘇省《こうそしょう》に属し、当時の首府の建康《けんこう》（南京市）の東、京口《けいこう》（鎮江）のすぐ南に位置しますから江西省《こうせいしょう》の尋陽《じんよう》生まれの陶淵明にとっては、故郷を遠く離れ、長江を下って、ここまでやってきたのです。長く、苦難に満ちた旅であったことは事実です。途中、いろいろ思いをめぐらす時間も十分あったと思われます。そんなとき、やはり心に浮かぶのは、何にもとらわれず身も心も自由だった故郷での田園暮らしの毎日です。

雲《くも》を望《のぞ》んでは高鳥《こうちょう》に愧《は》じ　　望雲愧高鳥
水《みず》に臨《のぞ》んでは遊魚《ゆうぎょ》に愧《は》ず　　臨水愧遊魚

旅の空の雲を見ては、高い空を自由に飛ぶ鳥に対して、身動きの取れない自分の姿を愧《は》じ、川のほとりで水面《みなも》を眺《なが》めれば、そこには魚が自由に泳いでいます。「ああ本当にうらやましい。今の自分が恥ずかしい」と、かつて経済的には苦しかったが、精神的に自由だったときのことを懐かしんでいる陶淵明の気持ちが読む者の心に切々と伝わって来ます。この詩の最後の句も私の好きな言葉です。

聊且憑化遷
終返班生廬

聊《いささ》か且《か》つ 化《か》の遷《うつ》るに憑《よ》りて
終《つい》には班生《はんせい》の廬《いおり》に返《かえ》らん

ここで使われた「化《か》」の文字は、名詞で「天地自然の変化」の意味ですから、ここでは、「時勢」と訳し、テレサ・テンの歌を思い出しながら、「時の流れに身をまかせ」としました。また、名前があがった班固《はんこ》は、わが国では高校の歴史で学習した『漢書《かんじょ》』の編纂者として有名ですが、彼の父親の班彪《はんぴょう》も『史記』の続編を編纂した高名な歴史学者で、子息の班固《はんこ》が父の功績をたたえて、その住まいを「上仁《じょうじん》の廬《いおり》するところ」と称したことから、「班生の廬」の表現がうまれたものと考えられます。

『始《はじ》めて鎮軍《ちんぐん》の参軍《さんぐん》と作《な》りて　曲阿《きょくあ》を経《へ》しときに作《つく》る』の詩が三九九年に作られたものとし、鎮圧軍の司令官は劉牢之《りゅうろうし》とすると、鎮圧に向かった相手は孫恩《そんおん》の軍だと思われます。孫恩の軍は一時、首府の建康に迫りますが、劉牢之軍《りゅうろうしぐん》の奮戦により、後退を余儀なくされます。この時、劉牢之軍の一員として活躍したのが後に東晋を滅ぼし、宋の武帝となる劉裕《りゅうゆう》です。しかし、孫恩《そんおん》軍の占領地を奪還した劉牢之の軍は、孫恩軍以上に、ひどい略奪を行います。ただし、このとき劉牢之軍の一員であった劉裕の部隊は占領地の庶民に対して、一切の乱暴狼藉を働かなかったことが、伝わっています。

劉牢之軍の参謀として、自軍の略奪行為を目の当たりにした陶淵明は、軍から離れ、郷里の尋陽に戻ります。一説には江陵《こうりょう》の桓玄《かんげん》の下に帰ったとも伝わっています。このとき作った詩が『庚子《かのえね》の歳五月中《としごがつちゅう》　都従り《みやこよ》還《かえ》るに　風《かぜ》に規林《きりん》に阻《はば》まる』です。

詩のタイトルに「都従《みやこよ》り還《かえ》る」とありますから、建康《けんこう》を離れ懐かしい母親や友人兄弟が待つ故郷の尋陽に帰る途中、規林《きりん》で強風に阻《はば》まれ動けなくなり、「帰心矢の如し」、早く帰りたいと心急ぐさまを描写しています。

庚子《かのえね》の歳《とし》五月中《ごがつちゅう》　都《みやこ》従り還《かえ》るに
風《かぜ》に規林《きりん》に阻《はば》まる　二首　その一

行《ゆ》き行《ゆ》きて帰路《きろ》に循《したが》い
日《ひ》を計《かぞ》えて旧居《きゅうきょ》を望《のぞ》む
一《ひと》つには温顔《おんがん》に侍《じ》せんことを欣《よろこ》び
再《ふた》つには友于《ゆうう》に見《あ》わんことを喜《よろこ》ぶ
棹《さお》を鼓《こ》すれば路《みち》は崎曲《ききょく》し
景《かげ》を指《さ》せば西隅《せいぐう》に限《かぎ》らん
江山《こうざん》　豈《あ》に険《けわ》しからざらんや
帰子《きし》　前途《ぜんと》を念《おも》う
凱風《がいふう》　我《わ》が心《こころ》に負《そむ》き
枻《かじ》を戢《おさ》めて窮湖《きゅうこ》に守《まも》る
高莽《こうもう》は眇《びょう》として界無《はてな》く
夏木《かぼく》は独《ひと》り森疎《しんそ》たり

庚子歳五月中從都還
阻風規林　二首　其一

行行循歸路
計日望舊居
一欣侍溫顏
再喜見友于
鼓棹路崎曲
指景限西隅
江山豈不險
歸子念前塗
凱風負我心
戢枻守窮湖
高莽眇無界
夏木獨森疏

誰《だれ》か言《い》う　客舟遠《かくしゅうとお》しと
近《ちか》く瞻《み》る　百里余《ひゃくりよ》
目《め》を延《の》べて南嶺《なんれい》を識《し》り
空《むな》しく嘆《たん》ず　将《は》た焉《いずこ》にか如《ゆ》かん

急ぎに急いで帰路についたが
指折り数えながら故郷の家が見えるのを待っていた
ひとつには母の優しい顔をみるのが楽しみで
さらに兄弟に会えるのも楽しみだ
舟を急がせれば川は曲がりくねって
日の光に従って進めば日は西の山に傾き始めた
旅路の山や川は険しいものだが
私の気持ちは前へ前へと進むだけだ
南の風は　私の早く帰りたいとの気持ちに背《そむ》き

誰言客舟遠
近瞻百里餘
延目識南嶺
空嘆將焉如

舵をおさめて　この湖に閉じこめられている
高く茂った雑草は遥か彼方までひろがり
夏の木はひとりひっそりと聳えている
私たちの乗る舟はまだまだ遠くにいると　いったい誰が言うのか
もうあと百里のところまで来ているはずだ
かなたを見れば南山が見える
しかし　ここまできて自分は何処に行けばいいのだろう　ため息がでる

古くから中国の旅は、舟で川を往き来するのが一番便利な方法でしたが、その場合、風向きが旅の日程に大きな影響を与えていました。特に、大河である長江を舟で遡《さかのぼ》る旅では風向きが大切です。この詩を作った五月（もちろん旧暦）に長江流域は、凱風《がいふう》つまり南の風が多く、陶淵明を乗せた舟には逆風となります。そして、ここ数日強い南風が吹き荒れたため、舟は規林《きりん》に立ち往生になりました。この規林《きりん》がどこであるかは不明ですが、詩中に「窮湖《きゅうこ》」の表現があり、この湖が彭蠡澤《ほうれいたく》（現在の鄱陽湖《はようこ》）を指すと考えられることから、故郷の尋陽《じんよう》のすぐ近くまで来ていることがわかります。

また詩中の「目《め》を延《の》べて南嶺《なんれい》を識《し》る」とあるように、目を遠くに放てば、あの懐かしい南山を認めることができる地点に到達しています。旅の目的地が故郷の尋陽《じんよう》ならば、間もなく旅は終わりです。詩の最後の「空《むな》しく嘆《たん》ず　将《は》た焉《いずこ》にか如《ゆ》かん」の句は、この旅の行方を案じているだけでなく、陶淵明自身の将来に対する不安を表しているものと思われます。

干支《えと》では庚子《かのえね》の歳の翌年は辛丑《かのとうし》の歳になりますが、前の詩を作った翌年の七月の陶淵明の作品が残っています。

辛丑《かのとうし》の歳《とし》七月　赴假《ふか》して江陵《こうりょう》に還《かえ》らんとして
夜《よる》塗江《とこう》を行《ゆ》く

閒居《かんきょ》すること三十載《さんじっさい》
遂《つい》に塵事《じんじ》と冥《くら》し
詩書《ししょ》　宿好《しゅくこう》を敦《あつ》くし
林園《りんえん》　世情《せじょう》無《な》し
如何《いか》なれば此《こ》れを捨《す》て去《さ》り

辛丑歳七月赴假還江陵
夜行塗江

閒居三十載
遂與塵事冥
詩書敦宿好
林園無世情
如何捨此去

遥遥《ようよう》として西荊《せいけい》に至るや
栧《かい》を叩《たた》く　新秋《しんしゅう》の月《つき》
流《なが》れに臨《のぞ》んで友生《ゆうせい》に別《わか》る
涼風《りょうふう》　将《まさ》に夕《ゆう》ならんとするに起《お》こり
夜景《やけい》　虚明《きょめい》を湛《たた》う
昭昭《しょうしょう》として天宇《てんう》潤《ひろ》く
皛皛《きょうきょう》として川上《せんじょう》平《たい》らかなり
役《えき》を懐《おも》えば寐《い》ぬるに遑《いとま》あらず
中宵《ちゅうしょう》に尚《な》お　孤《ひと》り征《ゆ》く
商歌《しょうか》は吾《わ》が事《こと》に非《あら》ず
依依《いい》たるは耦耕《ぐうこう》に在《あ》り
冠《かん》を投《とう》じて旧墟《きゅうきょ》に旋《かえ》り
好爵《こうしゃく》の為《ため》に縈《つな》がれざらん
真《しん》を衡茅《こうぼう》の下《もと》に養《やしな》い
庶《ねがわ》くは善《ぜん》を以《もっ》て自《みず》から名《な》づけられん

遥遥至西荊
叩栧新秋月
臨流別友生
涼風起将夕
夜景湛虚明
昭昭天宇潤
皛皛川上平
懐役不遑寐
中宵尚孤征
商歌非吾事
依依在耦耕
投冠旋舊墟
不爲好爵縈
養眞衡茅下
庶以善自名

三十年間家にこもったままだった
俗世間の事情については暗かった
詩を作り書を読むことにほとんどの時間をあて
田園生活には世俗のことが入り込む余地はなかった
それがいったいどうしてこの暮らしを捨て
遥か遠く西の荊州《けいしゅう》へ行こうとしているのか
初秋の七月に舟をこぎだし
川のほとりで友人に別れを告げた
夕方になり秋の涼しい風が吹き出した
夜のとばりがおりて辺りは薄暗くなった
月は煌々《こうこう》と照り宇宙の広さを感じさせる
川面《かわも》も明るく波静かである
これからつくく仕事のことを考えると夜も眠れず
真夜中に独り舟で任地に向かっている
自分をうりこむようなことはできない

田を耕すことに心がひかれてならない
役人のかぶる冠を投げ捨て故郷に帰ろう
名誉や役職のために束縛されるのはまっぴらだ
自然の中でとらわれない自由な精神で粗末な家に暮らし
善良な人物であると自ら認められるようになりたい

この詩は五言で二十句あるので、六句、八句、六句と三つの段に分けて読むと理解が進むでしょう。

詩のタイトルにある「赴假《ふか》」とは、休暇を終えて帰任することで、陶淵明は休暇を故郷の尋陽《じんよう》ですごしたものと思われます。前の詩作の時期が前年の五月で、この詩を作ったのが翌年の七月とすると一年以上の隔《へだた》りです。桓玄《かんげん》との約束がどうなっているか詳しいことは不明ですが、陶淵明はしばしば休暇をとり故郷に帰ったことがわかります。

第一段の「閒居《かんきょ》すること三十載《さんじっさい》」はそのまま訳すと、「三十年間、閒居していた」となりますが、実際には、二十九歳で江州の祭酒《さいしゅ》となり、すぐ辞めて六年間の躬耕生活ののちに三十五歳で桓玄《かんげん》のもとに出仕していますから、この間の六年間を指し、「三二載」つまり「三×二＝六載」と書くべきところを間違えた、とする説と、二十九歳で江州の祭酒《さいしゅ》として出仕するまでのおよそ三十年間を指している、とする説の二通りあります。私は、後者の説をとりますが、こうして桓玄《かんげん》のもとで働いていていても彼の心には常に「閒居《かんきょ》」すること、つまり田園での静かな生活に対するあこがれがあったことは確かです。

塗口《とこう》は、現在の武昌《ぶしょう》の西約五〇キロあたりの町ですから、故郷の尋陽《じんよう》から長江を渡る舟旅で、目的地の江陵まで、ちょうど中間地点に着いたところです。

「如何《いか》なれば此《こ》れを捨《す》て去《さ》り　遙遙《ようよう》として西荊《せいけい》に至《いた》るや」とありますから、どうして自分は田園生活を捨てて、荊州《けいしゅう》まで行こうとしているのか、と自問しています。今ならまだ舟を降りて、故郷へ戻ることができると考えていたのかも知れません。

第二段は、舟旅の情景描写です。詩を作った七月は初秋になります。

旧暦では、一、二、三月が春。四、五、六月が夏。七、八、九月が秋。十、十一、十二月が冬で、孟《もう》春が一月、仲《ちゅう》春は二月、季《き》春が三月という形で、各々の月を表します。

「栧」（音読みはエイ）の字は船の「櫂《かい》」と同じです。「昭昭《しょうしょう》」も「皛皛《きょうきょう》」も明るいさまを表しますが、「昭昭」は隅々まで明るいさまを示し、「皛皛」は文字の構成からわかるように白くて明るいさまを表します。「中宵《ちゅうしょう》」は真夜中の意味です。

詩の最後の段で、「真」と「善」の文字が登場します。この二文字は、陶淵明が他の詩でも好んで使う文字ですが、その意味は、複雑で深淵です。私が参考にした『中国詩人選集4　陶淵明一海知義《いっかいともよし》注』（岩波書店、一九五八年）では、次のように説明しています。

「善は儒教的な、真は老荘的な徳目である。善は現実の中での努力の方向を、真は現実のきずなをたちきる方向を教える」。

「一おう単純に考えれば、善は彼に足元をみつめさせ、苦悩にたえぬく強さをあたえ、真は彼にかなたの白雲を仰がせる自由な精神を教え、二つはかさなりあって矛盾をふかめながらも、ともに現実との妥協を拒否させる精神を養ったと考える」とのことです。たしかに「真」は、『酒を飲む二十首　その五』（十九頁）で紹介したように、老荘思想の重要な徳目です。「真人《しんじん》」は老荘思想における人間の理想像となっています。そして、「善」は、孔子の教えを受けついだ孟子によって強調された考え方です。

『孟子』「告子章」で、孟子は「人の性（本質）は善である」との有名な「性善説」を主張し、後に「善」は儒教の中心的な概念になりました。

陶淵明がこうして「善」と「真」を好んで使った背景には、儒教の教養を基本にしながら、老荘思想に心惹かれた彼の生き方そのものがあるからだと思われます。

◆生母の死で二十五カ月の喪に服す

この年（四〇一年、安帝の隆安《りゅうあん》五年）の冬、陶淵明の産みの母が亡くなります。古代中国では親の死に際しては三年間、喪に服すしきたりがありますが、もっとも三年間といっても正確には父母が亡くなってから二十五ヵ月間で、足かけ三年の服喪期間です。晋の時代は、「孝」を重視する儒教が正式な学問として尊ばれたので、陶淵明もこの教えに従って二十五ヵ月間喪に服したと考えられます。わが国の江戸時代の儒学では「忠」と「孝」がセットになって「忠孝」が大切と教えられてきましたが、晋の時代は下剋上の時代でしたから、「忠」は忘れ去られて、「孝」が強調されていたのでしょう。

官吏が喪に服する場合、いったん役所に辞表を出し、喪が明けると自動的に復職できる仕組みになっていました。服喪期間中は、「歌舞音曲《かぶおんぎょく》を控える」といわれますが、厳しい服喪のしきたりでは喪に服す親族は小屋にこもり、粗末な衣服を着て、肉や魚を食べることも禁じられ、夫は妻との同居も許されず、酒を飲むこともかなわなくなっています。他者との会話も、こちらから話しかけることは許されず、相手からの問いかけに最低限の言葉で答える決まりとなっていたそうです。今から考えれば、窮屈このうえない生活で、このしきたりを守って生活したとすると酒好きの陶淵明はさぞかし寂しい日々を送ったことと思われます。この頃の生活を綴った陶淵明の詩があります。

癸卯《みずのとう》の歳始《としし》春田舎《しゅんでんしゃ》に懐古《かいこ》す
二首《しゅ》その二
先師《せんし》　遺訓《いくん》有《あ》り
道《みち》を憂《うれ》えて貧《ひん》を憂《うれ》えざれと
瞻望《せんぼう》するも邈《はるか》にして逮《およ》び難《がた》し
転《うた》た長《つね》に勤《つと》むることを志《こころざ》さんと欲《ほっ》す
耒《すき》を乗《と》りて時務《じむ》を歓《よろこ》び
顔《かお》を解《ほころ》ばせて農人《のうじん》に勧《すす》む
平疇《へいちゅう》に遠風《えんぷう》交《ゆきか》い
良苗《りょうびょう》　亦《ま》た新《しん》を懐《いだ》く
未《いま》だ歳功《さいこう》を量《はか》らずと雖《いえど》も

癸卯歳始春懐古田舎
二首其二
先師有遺訓
憂道不憂貧
瞻望邈難逮
轉欲志長勤
秉耒歡時務
解顔勸農人
平疇交遠風
良苗亦懷新
雖未量歲功

即時《そくじ》　欣《よろこ》ぶ所《ところ》多《おお》し
耕種《こうしゅ》は時《とき》有《あ》りて息《いこ》うも
行《ゆ》く者《もの》は　津《しん》を問《と》う無《な》し
日入《ひい》りて　相与《あいとも》に帰《かえ》り
壺漿《こしょう》もて近隣《きんりん》を労《ねぎ》らう
長吟《ちょうぎん》して柴門《さいもん》を掩《と》ざし
聊《いささ》か隴畝《ろうほ》の民《たみ》と為《な》る

即事多所欣
耕種有時息
行者無問津
日入相與歸
壺漿勞近鄰
長吟掩柴門
聊爲隴畝民

孔子はこんな教えを遺している
道について懸命に考え　貧困についてはこれを憂えるべきでないと
私は孔子の教えをはるかに仰ぎ見るばかりでとうてい及ぶべくもないが
ただ常に努力だけは続けたいと思う
耒《すき》を手にして春の農作業にいそしみ
笑顔で楽しく　農民と一緒に仕事をする

あたりに広がる田んぼのあぜ道に遠くから風がふいてくる
よく育った麦の苗は新芽をふくらませている
まだ一年の収穫量はわからないが
目の前の光景は　うれしいことが多い
畑仕事の合間にしばし休息すると
孔子のように渡し場を尋ねるひとはいない
日が暮れると　連れ立って帰り
酒の壺をもって隣人と一日の労をねぎらう
歌を歌いながら家に帰って　粗末な扉を閉める
私もだいぶ農民らしくなってきたようだ

詩題にある「田舎《でんしゃ》」とは、農作業を行うための粗末な小屋で、この小屋に従弟の陶敬遠《とうけいえん》とともに籠り、農作業を行いつつ母の喪に服したのです。この小屋が建てられていたのは、陶淵明が後に彭沢県令《ほうたくけんれい》を辞して、移り住んだ「園田の居」であるとみられています。

母の喪に服している最中ですから、宮仕えはできません。ましてや軍に参加するわけにもいきません。故郷に帰って母を偲びながら農作業に明け暮れる毎日が続きます。陶淵明が願ってやまなかった田園生活がここにあります。冒頭に紹介した『酒を飲む　二十首《にじゅっしゅ》　その五《ご》』にうたわれたような陶淵明の伸びやかな感性がこの詩にはあふれています。

詩中に「日入《ひい》りて　相与《あいとも》に帰《かえ》り」とありますが、従弟の敬遠とともに農作業を行い、日が暮れたので一緒に帰路についたと解釈するのが順当でしょう。もちろん、付近の田や畑で作業をしていた農民も、日が暮れれば家路をたどるわけですから、近くの農民と一緒に帰ったと考えても一向にかまいません。

また酒壺を持って隣人を訪ねて一杯やるとの表現もありますので、酒好きの陶淵明は服喪中も禁酒の掟は守れなかったと考えることも可能です。しかし、この表現は詩作上の創作で、彼がこの時期に実際に飲酒したかどうかは謎と、陶淵明を擁護する向きもあります。「行《ゆ》く者《もの》は　津《しん》を問《と》う無《な》し」の表現は、『論語』「微子篇《びしへん》」に、孔子が、長沮《ちょうそ》と桀溺《けつでき》の二人が畑を耕しているところに通りかかり、渡し場の所在を尋ねた故事に由っています。このことからも陶淵明が従弟の陶敬遠《とうけいえん》と二人で一緒に農作業をしていたことがわかります。母の服喪期間中の陶淵明の暮らしぶりがわかる詩がもうひとつあります。

癸卯《みずのとう》の歳《とし》　十二月中作《じゅうにがつちゅうさく》
従弟敬遠《じゅうていけいえん》に与《あた》う

迹《あと》を衡門《こうもん》の下《もと》に寝《いこ》わせ
邈《はる》かに世《よ》と相断《あいた》つ
顧眄《こべん》するに誰《だれ》も知《し》る莫《な》く
荊扉《けいひ》は昼《ひる》も常《つね》に閉《と》ざす
凄凄《せいせい》たり　歳暮《さいぼ》の風《かぜ》
翳翳《えいえい》たり　日《ひ》を経《へ》し雪《ゆき》
目《め》に在《あ》りては皓《しろ》くして已《すで》に潔《きよ》し
耳《みみ》を傾《かたむ》くるも希声《きせい》無《な》く
勁気《けいき》　襟袖《きんしゅう》を侵《おか》し
簞瓢《たんぴょう》　屢《しばしば》　設《もう》くるを謝《しゃ》す
蕭索《しょうさく》たり　空宇《くうう》の中《うち》
了《つい》に一《いつ》として悦《よろこ》ぶ可《べ》き無《な》し

癸卯歳十二月中作
與從弟敬遠

寢迹衡門下
邈與世相斷
顧眄莫誰知
荊扉晝常閉
淒淒歳暮風
翳翳經日雪
在目皓已潔
傾耳無希聲
勁氣侵襟袖
簞瓢謝屢設
蕭索空宇中
了無一可悦

千載《せんざい》の書《しょ》を歴覧《れきらん》し
時時《ときどき》に遺烈《いれつ》を見《み》る
高操《こうそう》は攀《よず》る所《ところ》に非《あらざ》れど
謬《あやま》って固窮《こきゅう》の節《せつ》を得《え》たり
平津《へいしん》　苟《いやし》くも由《よ》らざれば
棲遅《せいち》　詎《なん》ぞ拙《せつ》なりと為《な》さん
意《い》を寄《よ》す　一言《いちごん》の外《ほか》
茲《こ》の契《ちぎ》り　誰《だれ》か能《よ》く別《わか》たん

ひっそりとあばら家に暮らし
遠く世間との交わりを断っている
左右を見ても誰も知人はいない
いばらの扉は昼でも閉じたままだ
年の暮れの風は骨身に染みる

歴覧千載書
時時見遺烈
高操非所攀
謬得固窮節
平津苟不由
棲遲詎為拙
寄意一言外
茲契誰能別

幾日も降り続く雪にあたりは暗い
耳を澄ましてもかすかな音さえ聞こえない
目に映るのはまっ白で　いかにも潔《きよ》い景色だ
厳しい寒気が襟《えり》や袖口《そでぐち》から入ってくる
孔子の弟子の顔回《がんかい》がとったような粗末な食事のしたくも断るほどだ
がらんとした部屋にいると寒さもひとしおだ
何ひとつ心がおどるものはない
古くからの書物に目を通してみたが
古人がたてた功績をしばしば見るだけだ
彼らのような高い志はないが
身の程知らずにどんな困難にあっても節を曲げないだけの覚悟はできた
仕官して平坦な道は歩まぬときめた以上
世間から離れて住むのがどうしてつたない生き方になるのだろうか
固窮《こきゅう》の節を守ろうとの言葉にたくして自分の気持ちを述べたが
この信念がいったい誰にわかるというのだろうか　お前がわかってくれればそれでいい

詩中の「固窮《こきゅう》の節《せつ》」とは『論語』「衛霊公篇《えいれいこうへん》」の中に「君子固《くんしもと》より窮《きゅう》す　小人窮《しょうじんきゅう》すれば斯《ここ》に濫《みだ》る」とあります。小人は窮すれば志を変えるが、君子はどんな困難にあっても志を曲げないとの意味です。「意《い》を寄《よ》す　一言《いちごん》の外《ほか》」の一言《いちごん》は、この「固窮の節」を表します。

この詩は癸卯《みずのとう》十二月の作ですから、母の喪に服してすでに二年経ち、まもなく喪が明けるときの作品です。この前に紹介した作品は同じ年の春の始めの作ですが、両者に表れた陶淵明の精神は大きく異なってうつります。春ののどかな自然はここにはなく、吹きすさぶ寒風と辺り一面の雪の景色が描かれています。まもなく足かけ三年になる服喪期間の厳しい躬耕《きゅうこう》生活が偲ばれると同時に、この期間を通して、陶淵明の「俗世間を離れて暮らしたい」との思いは、彼の願望から信念にまで昇華したと思えてなりません。服喪期間を終えて、陶淵明は、再び俗世間に戻りますが、それはまさに「世を忍ぶ仮の姿」で、二年後の「園田《えんでん》の居《きょ》に帰る」決心はこの時すでに定まったと思われます。

喪が明けたのちの陶淵明は、桓玄《かんげん》の下には戻りませんでした。桓玄《かんげん》は四〇三年（安帝の元興《げんこう》二年）に東進し、首府の建康《けんこう》に入り、安帝《あんてい》を幽閉し、「楚《そ》」の建国宣言を行っています。晋《しん》を乗っとったのですから、晋室に対する忠義に篤い陶淵明にとっては到底許されることではありません。幸いというべきか、このとき彼は故郷の尋陽《じんよう》で服喪中だったのです。桓玄《かんげん》は、その後劉裕《りゅうゆう》の働きによって建康《けんこう》を追われ、安帝が復位することになりました。すでに桓玄《かんげん》に見切りをつけた陶淵明が頼ったのは、かつての同僚、劉裕《りゅうゆう》ではなく、劉牢之《りゅうろうし》の子の劉敬宣《りゅうけいせん》でした。

江州刺史《こうしゅうしし》であった劉敬宣《りゅうけいせん》は当時、建威将軍《けんいしょうぐん》として尋陽《じんよう》に政庁を置いていました。喪が明けて陶淵明は、そのまま隠遁《いんとん》の生活に入ることも選択肢のひとつとしてあったと思われますが、服喪期間中の、それこそ「赤貧洗《せきひんあら》うが如《ごと》し」の暮らしからまず生活を立て直す必要があり、そこで選んだのが、劉敬宣《りゅうけいせん》を頼ることでした。陶淵明はかって敬宣の父である劉牢之《りゅうろうし》の軍に参加したこともありましたから、話はすぐ進み、劉敬宣《りゅうけいせん》のもとで働くことになりました。乙巳《きのとみ》の歳《とし》といいますから四〇五年（安帝の義熙《ぎき》元年）、陶淵明四十一歳の三月、劉敬宣《りゅうけいせん》の使者として都に上がったときに作った詩を紹介します。

乙巳歳三月爲建威參軍
乙巳《きのとみ》の歳《とし》三月　建威参軍《けんいさんぐん》と為《な》り

使都經錢溪
都《みやこ》に使《つかい》して銭渓《せんけい》を経《ふ》

我不踐斯境
我《わ》れ斯《こ》の境《きょう》を践《ふ》まざるに

歳月《さいげつ》は好《はなは》だ已《すで》に積《つ》もれり
晨《あした》に夕《ゆうべ》に山川《さんせん》を看《み》る
事事《じじ》　悉《ことごと》く昔《むかし》の如《ごと》し
微雨《びう》は高林《こうりん》を洗《あら》い
清飈《せいひょう》は雲翮《うんかく》を矯《あ》がらしむ
彼《か》の品物《ひんぶつ》の存《そん》するを眷《み》るに
義風《ぎふう》都《すべ》て未《いま》だ隔《へだ》たらず
伊《こ》れ余《わ》れ何為《なんす》る者《もの》ぞ
勉励《べんれい》し茲《こ》の役《えき》に従《したが》う
一形《いっけい》制《せい》せらるる有《あ》るに似《に》るも
素襟《そきん》易《か》う可《べ》からず
園田《えんでん》日《ひ》に夢想《むそう》す
安《いず》くんぞ久《ひさ》しく離析《りせき》するを得《え》んや
終《つい》に懐《おも》うは帰舟《きしゅう》に在《あ》り
諒《まこと》なる哉《かな》　霜柏《しょうはく》を宜《よろ》しとするは

歳月好已積
晨夕看山川
事事悉如昔
微雨洗高林
清飈矯雲翮
眷彼品物存
義風都未隔
伊余何爲者
勉勵從茲役
一形似有制
素襟不可易
園田日夢想
安得久離析
終懷在歸舟
諒哉宣霜柏

この地に足を踏み入れなくなってから
ずいぶん歳月がたったが
朝に夕にこうして山や川を眺めていると
全て昔のままであることがわかる
こまかな雨が高い木立を洗い
つむじ風は雲間の鳥を高い空へとあげる
こうした風景をかえり看ると
正義はまだ完全に廃れたわけではない
しかし私は何をしているのだろう
無理をしてこの仕事についている
肉体はがんじがらめのようにも見えるが
本心まで変えてしまったわけではない
毎日田園に帰ることだけを夢想している
いつまで身体と心が離れ離れでいられるのか
最後には舟にのって故郷に帰ろう

そうだ　あの霜にも負けずに屹立《きつりつ》している柏こそ私の姿だ

後に書かれた『宋書《そうじょ》』「劉敬宣伝《りゅうけいせんでん》」によれば、劉敬宣はこの年三月「自《みずか》ら表《ひょう》して職《しょく》を解《と》く」とありますから、陶淵明は劉敬宣の辞職の書状を都の建康《けんこう》まで持って行ったものと思われます。仕事は書状を建康《けんこう》に届け、尋陽《じんよう》に帰って劉敬宣《りゅうけいせん》に報告をして、それで終わりで、陶淵明は再び無職になります。その時、陶淵明の暮らしを心配したのが、叔父の陶夔《とうき》で、彼のつてによって陶淵明がその生涯で最後の出仕先となる彭沢県令《ほうたくけんれい》に就くのです。彭沢県《ほうたくけん》は、故郷の尋陽《じんよう》の近くで、県令の職は実入りもまずまずだったため、気の進まない出仕ではありましたが、本格的な田園生活に入る前の最後の奉公として、この仕事を選んだに違いありません。陶淵明のこころの中ですでに田園に帰る覚悟は決まっていました。

第三章　陶淵明の田園生活

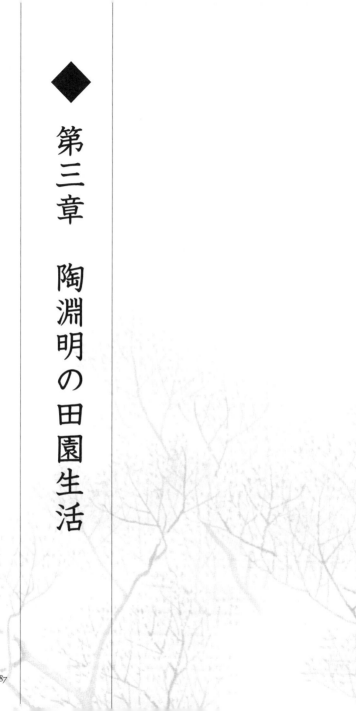

◆帰去来《ききょらい》の辞《じ》

彭沢県令《ほうたくけんれい》をつとめた陶淵明は、着任して早々、真剣に仕事をこなしたようです。当時の県令の仕事で、重要なことは、まず県の人口を正確に把握することでした。人口を正確に把握することは、税収の確保や、公共事業などに動員する労働力を計算するさいにも基礎となるデータでした。陶淵明は就任して、わずか半月余りで、人口調査を厳格化するよう通達を出し、調査でおよそ三千人余りの成人男子の隠れ人口を発見しました。こうした陶淵明のやり方に、人口を過少申告していた地方の豪族や地主は当然不満をもつことになります。彼らが、郡の督郵《とくゆう》（太守の命令で郡内を回る監察官）であった劉雲《りゅううん》に、働きかけをしたかどうかは定かではありませんが、秋の収穫も終わって一息入れている彭沢県令《ほうたくけんれい》のもとに劉雲が視察に訪れました。郡の督郵《とくゆう》が年に二回、管内の県を予告なしに視察して回ることは恒例になっていましたから、まったくの突然ということでもなかったのでしょうが、陶淵明はいつものようにひと仕事を終え、部下と酒を酌み交わしているところに、劉《りゅう》雲《うん》が到着したとの知らせが入ります。別段、慌てる様子もなく、陶淵明は劉雲《りゅううん》を迎えに出ますが、その時の服装が、「束帯《そくたい》」の規定に従っていなかったというのが、劉雲が陶淵明につけた難癖《なんくせ》です。

劉雲《りゅううん》が怒って帰ったことを知った陶淵明は、即座に県令の地位を投げ捨てることを決めます。

四〇五年（安帝《あんてい》の義熙《ぎき》元年）十一月、彭沢県令《ほうたくけんれい》となって八十一日が経ったその日で、そのときの彼の決意を示す文章が有名な『帰去来《ききょらい》の辞《じ》』です。

「辞《じ》」は韻文《いんぶん》の一種で、韻文には一句または二句以上の句の終わりに韻脚《いんきゃく》をふまなければならない決まりがあります。この「辞《じ》」と「賦《ふ》」は、一般的には叙情的な性格の強い文を「辞」、叙事的な性格の強いそれを「賦」と呼ぶことになっていますが、大きな違いはなく、作者は作品によって自由に「賦」あるいは「辞」と呼ぶことができます。「賦《ふ》」で良く知られた作品は、宋の時代、蘇軾《そしょく》の「赤壁《せきへき》の賦《ふ》」があり、「辞《じ》」の代表が、これから紹介する『帰去来《ききょらい》の辞《じ》』です。

『帰去来《ききょらい》の辞《じ》』には、その前文に「序」があり、ここに陶淵明が、この韻文を書くに至った事情が述べられています。それは陶淵明のこれまでの半生をつづった文章としても注目に値しますので、紹介します。

余《よ》が家貧《いえひん》にして　耕植《こうしょく》以《もっ》て自《みずか》ら給《きゅう》するに足《た》らず
幼稚《ようち》室《しつ》に盈《み》ち　缾《へい》に儲粟《ちょぞく》なく
生生《せいせい》の資《もと》むる所《ところ》　未《いま》だ其《そ》の術《じゅつ》を見《み》ず

余家貧　耕植不足以自給
幼稚盈室　缾無儲粟
生生所資　未見其術

親故《しんこ》多《おお》く余《よ》に長吏《ちょうり》為《な》らんことを勧《すす》む
脱然《だつぜん》として懐《おも》う有《あ》り　之《これ》を求《もと》むるに途《みち》靡《な》し
会《たまたま》　四方《しほう》の事有《ことあ》り
諸侯恵愛《しょこうけいあい》を以《もっ》て徳《とく》と為《な》し
家叔《かしゅく》　余《よ》が貧苦《ひんく》を以《もっ》て
遂《つい》に小邑《しょうゆう》に用《もち》いらるるを見《み》る
時に風波未《ふうはいま》だ静《しず》かならず　心《こころ》に遠役《えんえき》を憚《はばか》る
彭沢《ほうたく》は家《いえ》を去《さ》ること百里《ひゃくり》　公田《こうでん》の利《り》
以《もっ》て酒《さけ》を為《つく》るに足《た》る　故《ゆえ》に便《すなわ》ち之《これ》を求《もと》む
少日《しょうじつ》に及《およ》んで　眷然《けんぜん》として帰《かえ》らん歟《か》の情有《じょうあ》り
何《なん》となれば　質性自然《しっせいしぜん》にして
矯励《きょうれい》の得《う》る所《ところ》に非《あら》ず
飢凍切《きとうせつ》なりと雖《いえど》も　己《おのれ》に違《たが》えば交々《こもごも》病《や》む
嘗《かつ》て人事《じんじ》に従《したが》いしも　皆口腹《みなこうふく》に自《みずか》ら役《えき》す
是《ここ》に於《お》いて悵然《ちょうぜん》として慷慨《こうがい》し

親故多勸余爲長吏
脱然有懷　求之靡途
會有四方之事
諸侯以恵愛爲徳
家叔以余貧苦
遂見用於小邑
于時風波未靜　心憚遠役
彭澤去家百里　公田之利
足以爲酒　故便求之
及少日　眷然有歸歟之情
何則　質性自然
非矯勵所得
飢凍雖切　違已交々病
嘗從人事　皆口腹自役
於是悵然慷慨

深《ふか》く平生《へいぜい》の志《こころざし》に愧《は》ず
猶《な》お望《のぞ》む一稔《いちじん》にして
当《まさ》に裳《しょう》を斂《おさ》めて宵逝《しょうせい》すべしと
尋《つ》いで程氏妹《ていしまい》　武昌《ぶしょう》に喪《みまか》る
情《じょう》は駿奔《しゅんほん》に在《あ》り　自《みずか》ら免《めん》じて職《しょく》を去《さ》る
仲秋《ちゅうしゅう》より冬《ふゆ》に至《いた》るまで　官《かん》に在《あ》ること八十余日《はちじゅうよにち》
事《こと》に因《よ》って心《こころ》に順《したが》い
篇《へん》に命《めい》じて帰去来兮《ききょらいけい》と曰《い》う
乙巳《きのとみ》の歳《とし》の十一月《じゅういちがつ》なり

深愧平生之志
猶望一稔
當斂裳宵逝
尋程氏妹　喪于武昌
情在駿奔　自免去職
仲秋至冬　在官八十餘日
因事順心
命篇曰歸去来兮
乙巳歳十一月也

私の家は貧しくて　田畑からの収穫だけでは自給できなかった
幼い子どもが部屋いっぱいで　甕《かめ》には穀物の貯えもなかった
生きていく上で必要なものをそろえる方法がわからず
親類縁者が私に官吏になれとたびたび勧めた

心機一転就職を考えたが　よいってもなかった
たまたま天下を騒がす戦がおきて
諸侯は人材を募《つの》っていた
叔父《おじ》が貧しい暮らしぶりを気にかけ　小さな県の県令の仕事を紹介してくれた
戦乱はまだ続いていたので　遠くの任地はごめんだった
彭沢県《ほうたくけん》は家から百里余りだし　公田《こうでん》からの収穫もあり
酒を醸造するには十分だったので　自分からこの仕事に就いた
しかし任地で数日にして　家に帰りたくなった
私は根っから自分に率直で　意に沿わないことには順《したが》えない性質だったからだ
飢えと寒さに震えても　自分の気持ちに逆らえば心身ともに病《や》んでしまう
前にも役人生活を送ったが　それは食べるためだった
そのときは楽しいはずもなく　自分のいつもの志《こころざし》に反したことを愧《は》じている
はじめは一年仕事をし　その後　旅支度をして夜陰にまぎれて帰るつもりだった
ところが程氏に嫁いだ妹が武昌で亡くなり　急いで葬儀に駆けつけようと思った
そこで自分から進んで職を離れた

仲秋から冬に至るまで　官職に就いていたのは八十日余り
そんな事情で自分の心に順《したが》うことになった
この一篇の文を帰去来兮《ききょらいけい》と名づけた　乙巳《きのとみ》の歳の十一月である

陶淵明がこれまで何度か仕官して、そして彭沢県令《ほうたくけんれい》に職を得た事情や、最後に彭沢県令の職を投げ捨てて、故郷に帰るまでのいきさつについては、すでに述べているので、ここで改めて説明する必要はないと思います。注目すべきは、陶淵明が彭沢県令《ほうたくけんれい》を辞するに際して、その理由を、「妹の葬儀に出席のため」と自ら説明している点です。陶淵明には男の兄弟はなく、妹とは異母兄妹であったことは前述のとおりです。妹が程氏《ていし》に嫁ぐまでの兄妹の交流については陶淵明自身の筆になる『程氏《ていし》の妹《いもうと》を祭《まつ》る文《ぶん》』で明かしており、幼少時代から二人だけの兄妹であったため、お互いに細やかな愛情で接したことがわかります。妹の逝去のしらせをきいて、ただちに葬儀に参列しなければならないと思った心情は理解できます。しかし、葬儀に出席したければ、休暇の手続きを取ればよかったのです。

当時の服喪期間についての規定では、既婚の姉妹の場合には九カ月の服喪と決まっていました。

陶淵明が休暇ではなく彭沢県令《ほうたくけんれい》の職を辞する決意を固めた背景にはやはり、郡の督郵《とくゆう》の劉雲《りゅううん》に、腰を低くして接しなければならなかったことに我慢ならなかったのが真相でしょう。しかし、そのことを自分の筆で明らかにすることは、かえって自身の誇りを傷つけることになると判断して、妹の葬儀への参列を持ち出したのだと思われます。

序文中の、「故《ゆえ》に便《すなわ》ち之《これ》を求《もと》む＝自分から希望してこの職に就いた」との表現や、「自《みずか》ら免《めん》じて職《しょく》を去《さ》る＝自分から進んで職を辞した」という言い回しも、自分で決心して職に就き、また自分の意思で辞職したことを強調しており、彼のプライドの高さを物語るものです。

なお、陶淵明の死後、およそ六十年経って梁《りょう》の沈約《しんやく》によって書かれた『宋書《そうじょ》』「隠逸伝《いんいつでん》」によれば、陶淵明が、彭沢県令《ほうたくけんれい》を辞めるに際して発した言葉は「たった五斗米（当時の県令の俸給）のために田舎の若造に腰を折ってしたがうことができるか」と、怒りにもえたものだったそうです。

また文中の「猶《な》お望《のぞ》む一稔《いちじん》にして　正《まさ》に裳《しょう》を斂《おさ》めて宵逝《しょうせい》すべしと」は、この序文で初めて明かされた彼の就職に際しての心積もりです。陶淵明は最初から、一回の収穫（一稔《いちじん》）つまり一年間は勤め上げ、その後は辞めるつもりだったとの告白です。この言葉からも、彭沢県令《ほうたくけんれい》は、彼にとって後の田園生活を送るための一種の準備期間に他ならなかったことがわかります。

◆帰去来兮（かえりなんいざ）

「帰去来兮《ききょらいけい》」の「兮《けい》」の文字は、音調をととのえる助詞で、韻文の句末、あるいは中間につけ、語気を強める役割を果たします。また『帰去来《ききょらい》の辞《じ》』では、本文中の「帰去来兮」を、「かえりなんいざ」と読むことが、日本人がこの文を読み下す際の習わしになっています。

帰去来兮《かえりなんいざ》
田園《でんえん》将《まさ》に蕪《あ》れなんとす　胡《な》んぞ帰《かえ》らざる
既《すで》に自《みずか》ら心《こころ》を以《もっ》て形《からだ》の役《しもべ》と為《な》す
奚《なん》ぞ惆悵《ちゅうちょう》として独《ひと》り悲《かな》しむや
已往《いおう》の諫《いさ》むまじきを悟《さと》り
来者《らいしゃ》の追《お》うべきを知《し》る
実《まこと》に途《みち》に迷《まよ》うこと其《そ》れ未《いま》だ遠《とお》からず
今《いま》の是《ぜ》にして昨《さく》の非《ひ》なるを覚《さと》りぬ

歸去来兮
田園將蕪胡不歸
既自以心爲形役
奚惆悵而獨悲
悟已往之不諫
知來者之可追
實迷途其未遠
覺今是而昨非

舟《ふね》は遥遥《ようよう》として以《もっ》て軽《かる》く颺《あが》り
風《かぜ》は飄飄《ひょうひょう》として衣《ころも》を吹《ふ》く
征夫《せいふ》に問《と》うに前路《ぜんろ》を以《もっ》てし
晨光《しんこう》の熹微《きび》なるを恨《うら》む

舟遙遙以輕颺
風飄飄而吹衣
問征夫以前路
恨晨光之熹微

さあ帰ろう
故郷の田園が荒れているのをほってはおけない
これまで生活のために自分の理想を犠牲にしてきた
独りで嘆き悲しんだところでどうにもならない
過去を悔やんでも取り返しがつかない
しかし未来は変えられることに気が付いた
たしかに道を間違えたがまだ戻れないほど遠くまできてはいない
役人を辞めた現在が正しくて　昨日までの自分は誤っていた
舟はゆらゆら揺れて　波間に上下して

風はひゅうひゅうと衣《ころも》を吹き抜ける
旅人にこの先どこへ行くのか問うが
朝の光はぼんやりとして行く手がはっきりしないのが口惜しい

「去来《きょらい》」は、行ったり来たりすることですが、「いざ」、「さあ」、「さらば」、と誘いかけることばでもあります。

「心《こころ》を以《もっ》て形《からだ》の役《しもべ》と為《な》す」とは、直訳すれば精神を身体の奴隷にするということで、生活のために自分の自由な精神を犠牲にして宮仕えをしたことを指します。「征夫《せいふ》」とは旅人のことです。『帰去来《ききょらい》の辞《じ》』の書き出しのこの部分では、役人を辞めた自分の判断は正しいとの確信はあるが、果たして、これからの生活がどうなるか、一抹の不安を抱えた陶淵明の心情が吐露されています。

乃《すなわ》ち衡宇《こうう》を瞻《み》て
載《すなわ》ち欣《よろこ》び載《すなわ》ち奔《はし》る

乃瞻衡宇
載欣載奔

僮僕《どうぼく》は歓《よろこ》び迎《むか》え
稚子《ちし》は門《もん》に候《ま》つ
三径《さんけい》は荒《こう》に就《つ》き
松　菊《しょうきく》は猶《な》お存《そん》せり
幼《よう》を携《たず》さえて室《しつ》に入《い》れば
酒《さけ》有《あ》りて樽《たる》に盈《み》てり
壺觴《こしょう》を引《ひ》き以《もっ》て自《みずか》ら酌《く》み
庭柯《ていか》を眄《み》て以《もっ》て顔《かお》を怡《よろこ》ばしむ
南窓《なんそう》に倚《よ》りて以《もっ》て寄傲《きごう》し
膝《ひざ》を容《い》るるの安《やす》んじ易《やす》きを審《つまびらか》にす
園《えん》は日々《ひび》に渉《わた》って以《もっ》て趣《おもむき》を成《な》し
門《もん》は設《もう》くと雖《いえど》も常《つね》に関《かん》せり
扶老《ふろう》を策《つえつ》きて以《もっ》て流憩《りゅうけい》し
時《とき》に首《こうべ》を矯《あげ》げて遐観《かかん》す
雲《くも》は無心《むしん》に以《もっ》て岫《みね》を出《い》で

僮僕歡迎
稚子候門
三徑就荒
松菊猶存
携幼入室
有酒盈樽
引壺觴以自酌
眄庭柯以怡顔
倚南窗以寄傲
審容膝之易安
園日渉以成趣
門雖設而常關
策扶老以流憩
時矯首而遐觀
雲無心以出岫

鳥《とり》は飛《と》ぶに倦《あ》きて還《かえ》るを知《し》る
景《ひ》は翳翳《えいえい》として以《もっ》て将《まさ》に入《い》らんとし
孤松《こしょう》を撫《な》でて盤桓《ばんかん》す

鳥倦飛而知還
景翳翳以将入
撫孤松而盤桓

やがて粗末なわが家が見え
よろこびのあまり駆け出した
使用人がうれしそうに迎えに出て
幼児《おさなご》は門のところで待っていた
庭の三本の小径《こみち》は荒れかけているが
松や菊はそのまま残っている
幼児《おさなご》と一緒に部屋に入れば
樽《たる》いっぱいの酒が用意されている
とっくりと杯《さかずき》をとり手酌《てじゃく》で一杯やる
庭の植木をみていると自然と顔がほころんでくる

南の窓によりそって満ち足りた気持ちになる
膝《ひざ》が入るのがやっとの狭い部屋だがしみじみくつろぐことができる
庭は日を追うごとに趣《おもむき》を増し
門はあるがいつも閉ざしている
杖をつき休みやすみ歩く
ときどき頭を上げて遠くをみはるかす
雲は山の岫《みね》から湧きだして
鳥は飛ぶことにつかれてねぐらに帰る
夕日はかげりあたりは薄暗くなっている
一本松を撫でるように眺めているといつまでもこの場を去り難い

このくだりは、陶淵明が、自宅の「閑居《かんきょ》」に帰ってきたときの様子をうたったものです。陶淵明の帰りを喜ぶ家族の姿が目に浮かびます。彭沢県令《ほうたくけんれい》としての在任期間はたった八十一日間ですから、さして長い不在とも思われませんが、幼子は父親の帰りを待ち望んで、帰ってきたばかりの父親にまつわりついたのでしょう。陶淵明もそんな子供たちと手を取り合って部屋に入ると、そこには心づくしの酒席が用意されています。季節は旧暦で仲冬《ちゅうとう》、すでに冬に入っていますが、陶淵明の好きな菊の花もまだ咲いていた様子に目を細めて、一人静かに酒を飲んでいます。

「庭柯《ていか》」の「柯《か》」とは枝の意味ですから、庭の木立はすでに葉を落としているものも多かったに違いありません。しかし、葉を落とした木々の枝さえ、その形が好ましく思えてなりません。「辞」のこの表現からも自宅に帰ってきたことの喜びが伺えます。「寄傲《きごう》」の「傲《ごう》」の文字も、何ものにもとらわれずに、悠々と楽しむことで、満ち足りた彼の心を表しています。

帰去来兮《かえりなんいざ》
請《こ》う交《まじ》わりを息《や》めて以《もっ》て遊《ゆう》を絶《た》たん
世《よ》と我《われ》とは相違《あいたが》えるに
復《ま》た言《ここ》に駕《が》して焉《なに》をか求《もと》めんや
親戚《しんせき》の情話《じょうわ》を悦《よろこ》び
琴《きん》と書《しょ》を楽《たの》しんで以《もっ》て憂《うれ》いを消《け》さん

歸去来兮
請息交以絶遊
世與我而相違
復駕言兮焉求
悦親戚之情話
樂琴書以消憂

農人《のうじん》　余《わ》れに告《つ》ぐるに春《はる》の及《およ》ぶを以《もっ》てし
将《まさ》に西疇《せいちゅう》に事有《ことあ》らんとすと
或《ある》いは巾車《きんしゃ》に命《めい》じ
或《ある》いは孤舟《こしゅう》に棹《さお》さす
既《すで》に窈窕《ようちょう》として以《もっ》て壑《たに》を尋《たづ》ね
亦《ま》た崎嶇《きく》として丘《おか》を経《ふ》
木《き》は欣欣《きんきん》として以《もっ》て栄《さか》ゆるに向《む》かい
泉《いずみ》は涓涓《けんけん》として始《はじ》めて流《なが》る
万物《ばんぶつ》の時《とき》を得《え》たるを善《よ》みして
吾《わ》が生《せい》の行《ゆ》くゆく休《きゅう》せんとするを感《かん》ず

さあ帰ろう
これからは世俗の世界とはきっぱり縁を切ろう
世間の常識と私の思いは異なるので

農人告余以春及
将有事於西疇
或命巾車
或棹孤舟
既窈窕以尋壑
亦崎嶇而經丘
木欣欣以向榮
泉涓涓而始流
善萬物之得時
感吾生之行休

再び仕官して一体何を求めるというのだ
親戚との心の通った会話を楽しみ
琴《きん》と読書を楽しんで憂いを消そう
農夫がやってきて私に春が来たことを告げ
間もなく西の田で農作業が始まることを知らせる
布張りの車を出すことを命じ
小舟に棹《さお》さして田んぼに出かける
奥深い壑《たに》に分け入り
険しい丘を越えてゆく
木はまるでうれしいように花をさかせる
泉は湧き　川となって流れている
春になり　万物によい時が来たことをよろこびながら
私自身は　命がやがて終わろうとしていることを感じる

陶淵明が田園に帰った晩秋から冬は農閑期ですから、書を読み、琴を奏で、隠棲する知識人としての毎日を送ったものと思われます。しかし、そうこうするうちに季節は春に替わります。しばらく農民生活から遠ざかっていた陶淵明は、どのタイミングで農耕をはじめればいいか、わからなくなっていたのかも知れません。近所の農民が教えてくれます。

「先生はのんびりしているけれども、西の田んぼでは農作業が始まりますよ」

陶淵明が本格的に農作業を行う西田《せいでん》（西疇《せいちゅう》）は、住まいから離れたところにありました。農機具を車に積んで、またある時は、舟に乗って農地に向かいます。途中の風景は、まさに春です。木々は緑に染まり、泉は雪解け水によって、水量豊富に流れています。「こうして春になれば、自然は生気を取り戻すが、人間の一生はどうだろう。死に向かって一直線に進むだけではないだろうか。自分の人生もいつか尽きることを、うすうす感じる」。自然の中で陶淵明の感受性が研《と》ぎ澄《す》まされた表現だと思われます。

已《やん》ぬるかな　　　　　　　　　　已矣乎

形《かたち》を宇内《うだい》に寓《ぐう》する　復《ま》た幾時《いくとき》ぞ　　寓形宇内復幾時

曷《なん》ぞ心《こころ》に委《ゆだ》ねて去留《きょりゅう》を任《まか》せざる
胡為《なんすれ》ぞ遑遑《こうこう》として何《いず》くに之《ゆ》かんと欲《ほっ》する
富貴《ふうき》は吾《わ》が願《ねが》いに非《あら》ず
帝郷《ていきょう》は期《き》す可《べ》からず
良辰《りょうしん》を懐《おも》うて以《もっ》て孤《ひと》り往《ゆ》き
或《ある》いは杖《つえ》を植《た》てて耘耔《うんし》する
東皐《とうこう》に登《のぼ》りて以《もっ》て舒《おもむろ》に嘯《うそぶ》き
清流《せいりゅう》に臨《のぞ》みて詩《し》を賦《ふ》す
聊《いささ》か化《か》に乗《じょう》じて以《もっ》て尽《つ》くるに帰《き》し
夫《か》の天命《てんめい》を楽《たの》しみて復《ま》た奚《なに》をか疑《うたが》わん

曷不委心任去留
胡爲乎遑遑欲何之
富貴非吾願
帝郷不可期
懐良辰以孤往
或植杖而耘耔
登東皐以舒嘯
臨清流而賦詩
聊乗化以歸盡
樂夫天命復奚疑

どうしようもない
こうして身を天地の間に寄せ生きている時間もあとどれだけあるのだろうか
どうして自分の心のままに生きられないのだろうか

こんなに慌ただしくして一体どこへ行こうとしているのか
富や名誉は私の願いではない
神仙のすみかも期待するほどではない
晴れた日はたった一人で歩き
杖をわきに置いて農作業をする
東の丘に登ってのんびりと口笛を吹き
清流を前にして詩を賦《ふ》す
生命の変化にさからわずに命が尽きるのを待っている
天が定めた命《めい》にしたがえばもはや何の疑いも湧いてはこない

「宇内《うだい》」とは天下、世界のこと。「遑遑《こうこう》」はあわただしい様子。「乗化《じょうか》」の化は天地自然の変化を指しますが、ここでは自身の生命の変化を意味し、生命の変化に従って（さかわらずに）と訳しました。

この「辞」全体を通して、長年の束縛から解き放たれ、精神の自由を得た喜びが素直にうたわれています。しかも時は春です。文章に明るく快活な精神が満ち溢れ、これから始まる田園生活に夢を託していることがよくわかります。田園での将来の生活についてもこの時点では楽天的な文章がつづられているといってもいいでしょう。陶淵明の人生哲学は「楽天知命《らくてんちめい》」であるといわれています。「楽天知命」は『易経《えききょう》』の「繫辞伝《けいじでん》」上の言葉で、「楽天知命　故不憂」（天を楽しみ命を知る故《ゆえ》に憂《うれ》えず）」とあります。陶淵明は「辞」の最後でも「夫《か》の天命《てんめい》を楽《たの》しみて復《ま》た奚《なに》をか疑《うたが》わん」との表現を使っています。

しかし、そうした楽天的な文章の中にも、この後の自然相手の厳しい生活の中で徐々に膨らんでゆく惧《おそ》れ、それは、いつかこのまま野垂れ死んでしまうのではないかという「死への惧《おそ》れ」があることも見逃せません。第三段落の結びにある「万物の時を得たるを善《よ》みして　吾《わ》が生《せい》の行《ゆ》くゆく休《きゅう》せんとするを感《かん》ず」が「死への惧れ」を率直に語ったものと考えられます。と同時に、最後の段落の「化《か》に乗《じょう》じて以《もっ》て尽《つ》くるに帰《き》し」、つまり自分の肉体の変化に応じて、やがてそれはいつか死に至ることを待っているだけだ、との表現からは、「死への達観《たっかん》」を読みとることができます。

陶淵明の死生観はこの後、第七章で詳しく述べますが『帰去来の辞』を読むかぎりにおいても、「死への惧れ」と「死への達観」との間で大きく揺れ動いていたことがわかります。

◆「園田《えんでん》の居《きょ》」の実相

陶淵明は、『帰去来の辞《ききょらいのじ》』を書くだけでなく、同時に、「園田の居」での生活を詩に賦しています。全部で五首からなる『園田《えんでん》の居《きょ》に帰《かえ》る』と題する詩も紹介しておきましょう。

園田《えんでん》の居《きょ》に帰《かえ》る　五首《しゅ》　その一

少《わか》きより俗《ぞく》に適《かの》うの韻《ひびき》なく
性《せい》　本《も》と邱山《きゅうざん》を愛《あい》せしに
誤《あやま》って塵網《じんもう》の中《うち》に落《お》ち
一《ひと》たび去《さ》りてより十三年《じゅうさんねん》
羈《たび》の鳥《とり》は旧《もと》の林《はやし》を恋《こ》い
池《いけ》の魚《うお》は故《もと》の淵《ふち》を思《おも》う

歸園田居　五首　其一

少無適俗韻
性本愛邱山
誤落塵網中
一去十三年
羈鳥戀舊林
池魚思故淵

荒《こう》を南野《なんや》の際《きわ》に開《ひら》かんと
拙《せつ》を守《まも》って園田《えんでん》に帰《かえ》る
方宅《ほうたく》　十余畝《じゅうよほ》
草屋《そうおく》　八九間《はちくけん》
楡柳《ゆうりゅう》　後簷《こうえん》を蔭《おお》い
桃李《とうり》　堂前《どうぜん》に羅《つら》なる
曖曖《あいあい》たり　遠人《えんじん》の村《むら》
依依《いい》たり　墟里《きょり》の煙《けむり》
狗《いぬ》は吠《ほ》ゆ　深巷《しんこう》の中《うち》
鶏《とり》は鳴《な》く　桑樹《そうじゅ》の巓《いただき》
戸庭《こてい》　塵雑《じんざつ》なく
虚室《きょしつ》　余閒《よかん》あり
久《ひさ》しく樊籠《はんろう》の裏《うち》に在《あ》りしも
復《ま》た自然《しぜん》に返《かえ》るを得《え》たり

開荒南野際
守拙歸園田
方宅十餘畝
草屋八九間
楡柳蔭後簷
桃李羅堂前
曖曖遠人村
依依墟里煙
狗吠深巷中
鷄鳴桑樹巓
戸庭無塵雜
虚室有餘閒
久在樊籠裏
復得返自然

若いころから世間におべっかを使うような性格ではなかった
もともとは山や丘を歩くのが好きだった
ところが何の因果か　世俗にまみれ
あっという間に十三年も経ってしまった
旅の鳥は　故郷のねぐらを恋しく思い
池の魚は　元の淵《ふち》を懐かしむ
草が生い茂った南の荒れ地を耕そう
世渡りべただが　それを悲しまず　田園に帰ってきた
家の宅地は　十畝《じゅうほ》あまり
草ぶきの家の部屋は八つか九つ
楡《にれ》や柳《やなぎ》が裏の簷《のき》をおおい
桃や李《すもも》が部屋の前に並んで植わっている
遠くに人の住む村がかすんで見られ
里の煙になつかしさを覚える
巷《ちまた》の奥まった路地で犬が吠え

桑の木の枝では鶏が鳴いている
家の庭は掃除がゆきとどき
誰もいない部屋にはたっぷりした余裕がある
長い間　鳥かごの中のような暮らしだったが
またのびのびした自由な生活に戻ることができた

陶淵明の時代には、後の唐代の絶句や律詩のような決まった型の詩はまだできあがってはいませんでした。それでも四言、五言、七言など一句の文字数には決まりがあり、押韻《おういん》については一韻で最後まで通しても、途中で替えることも自由です。句数に制限はありませんでした。また律詩、絶句のような近体詩と異なり厳しい平仄《ひょうそく》の規則もありません。これらの詩を「古詩」あるいは「古体詩」と総称することがあります。陶淵明は五言詩を得意とし、四言詩は今に伝わる百三十余りの作品のなかで、わずか九首を数えるだけとの記録もあります。この『園田《えんでん》の居《きょ》に帰《かえ》る　五首《ごしゅ》　その一《いち》』は五言二十句からなり、『その二』は五言十二句、『その三』は五言八句、『その四』は五言十六句、『その五』が五言十句ですから、比較的長編の詩となっています。また二句が対句となる構造をもち、後の律詩につながる表現形式が見られます。

第一句にある「韻《ひびき》」の文字は、ものごとのおもむきという意味で、ここでは「性格」と現代語訳しています。また、第四句の「十三年」はテキストによっては三十年とありますが、陶淵明が二十九歳で初めて江州祭酒《こうしゅうさいしゅ》として出仕して、四十一歳で彭沢県令《ほうたくけんれい》を辞するまで、ちょうど十三年経っていますから、「三十年」は十三年の誤りと考え、十三年と訂正して紹介しています。もっとも十三という数字は半端な数ですので、誇張して三十年にしたとの説もあることを記《しる》しておきます。

私が、この詩で深く心を動かされたのは、「守拙《しゅせつ》」の言葉です。拙《せつ》を守《まも》る、つまり、世渡り下手なことを承知で、かえってそれを人間の美徳として守り抜くという陶淵明の決意がそこに表れているからです。特に陶淵明は、自分の息子に与えた書状、『子の儼等《げんら》に与《あた》うる疏《そ》』の中で自分の性格を分析して「性《せい》は剛《ごう》にして才《さい》は拙《せつ》　物《もの》と忤《さから》うこと多《おお》し」と書いています。「自分は世渡り下手で、物事に逆らうことも多く、損をすることも多いが、それは恥じるべきことではない」と教えているのです。

「拙《せつ》」という生き方については、陶淵明が生まれる約七十年前に、自ら「拙」であることを認めた潘岳《はんがく》という文人《ぶんじん》がいました。西晋から東晋へ移る激動の時代に、彼は五十歳で隠居するまでの三十年間を振り返り、「八たび官を徙《うつ》され　一たび階を進められ　再び免ぜられ　一たび除名せられ一たび職に拝せられず　遷《うつ》さるること三たび」、「通《つう》と塞《そく》とに遇《めぐりあわせ》有《あ》りと雖《いえど》も　抑《そもそ》も亦《また》　拙《せつ》なる者《もの》の効《しるし》なり」と自ら『閑居《かんきょ》の賦《ふ》』の序に書いています。彼はまた、自らの処世のまずさを白戒して、「拙《せつ》なる者《もの》は以《もっ》て意《い》を寵栄《ちょうえい》の事《こと》より絶《た》つべし」と記しています。「世渡りの下手な人は、出世しようなどと考えないことが一番だ」とさとしているのです。陶淵明もきっとこの書を読んでいたことと思われます。「拙《せつ》を守る」生き方こそ、乱世の時代に知識人が己を保って生き抜く、最後のよりどころだったのだと思われてなりません。

詩中の「方宅十余畝《ほうたくじゅうよほ》　草屋八九間《そうおくはちくけん》」の表現も気になります。畝《ほ》の単位は現代中国でも使われており、その広さは六・六六七アール、十五分の一ヘクタールです。日本の一畝《ほ》はほぼ一ヘクタールですから、日本の畝《ほ》より中国のそれはだいぶ狭いことがわかります。中国の畝は時代によって変化しますが、晋の時代の一畝は、およそ五〜六アールといいますから、現代とあまり変わらないようです。方宅十余畝《ほうたくじゅうよほ》は、アールに換算しておよそ六十アール。一アールは一〇〇平方メートルですから、六十アールの土地は二千坪弱の広さがあることになります。たしかサッカーのコート一面が二千坪余りと記憶していますから、サッカーコート一面とほぼ同じくらいの面積の土地に暮らしていたことがわかります。これなら庭に桃やスモモを植え、自分たちが食べる程度の野菜を獲る畑をつくるのに十分な広さです。

家の造りも、八、九間《けん》といい、間《けん》はもともと、家の柱と柱の間を数える単位で、一間《いっけん》は一部屋を意味しますから、草ぶきではあっても八から九の部屋があれば、陶淵明と家族が住むには十分な屋敷です。

紙幅の関係もあり、『その二』以下の詩の一つひとつを詳しく紹介することはできませんが、『その二』では村の中を歩いて出会った村人と作物の話を交わし、『その三』では、せっかく植えた豆苗の成長を妨げる雑草を抜き取る苦労をうたっています。

また『その四』では、山林田野を散策する楽しみを、『その五』では散策から帰り、隣人を招いて一杯やる情景を述べています。

特に『その五』の最後の二句、「歓《よろこ》び来《き》たって夕べの短きに苦しみ　已《すで》に天旭《てんきょく》に至《いた》る」は私の大好きな句です。物思いに耽って寝られぬ夜は、「夜の長きに苦しむ」ことになりますが、楽しい酒を隣人と酌み交わすときは、「夕べの短きに苦しむ」のです。「天旭《てんきょく》」とは、夜が明けて周囲が明るくなることを示し、気が付いたら、朝になっていたと結んでいます。

これらの詩を通して、私たちは彭沢県令《ほうたくけんれい》を辞めた後の陶淵明の「園田《えんでん》の居《きょ》」での暮らしぶりがおおよそイメージできるのではないでしょうか。

◆妹と従弟《いとこ》の死

田園生活を始めた陶淵明の、こののちの作品をみると、四〇七年（安帝の義熙《ぎき》三年）、陶淵明四十三歳のとき、二年前に亡くなった妹を弔《とむら》う文章『程氏《ていし》の妹《いもうと》を祭《まつ》る文《ぶん》』を書いています。当時の習わしでは姉妹の死にさいしての服喪期間は九カ月間となっていることは前述しました。祭文中に「服制《ふくせい》　再《ふたた》び周《めぐ》る」とありますから、妹の死から九×二＝十八カ月経ったことがわかります。その一部を紹介します。

誰《だれ》か兄弟《けいてい》無《な》からん　人《ひと》も亦《また》同生《どうせい》なり
嗟我《ああわれ》と爾《なんじ》と　特《とく》に常情《じょうじょう》百《ひゃく》たびするのみならんや
慈妣《じひ》早世《そうせい》し　時《とき》に尚《な》お孺嬰《じゅえい》なり
我《わ》れは歳《とし》二六《にろく》　爾《なんじ》は纔《わずか》に九齢《きゅうれい》のみ
爰《ここ》に識《し》る靡《な》きときより　髫《ちょう》を撫《ぶ》して相成《あいな》す

誰無兄弟　人亦同生
嗟我與爾　特百常情
慈妣早世　時尚孺嬰
我歳二六　爾纔九齢
爰従靡識　撫髫相成

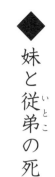

誰しも兄弟のいないひとはない　私とあなたは同じ父を持つ兄妹だ
あなたと私は普通の兄妹の何百倍にもあたる情愛の深さがある
母上は早く亡くなり　私たちはまだ子どもだった
私は十二歳　あなたはわずか九歳のときだった
まだ何もわからないときから　私たちは髪をなであって成長してきたのだ

「同生《どうせい》」とは父を同じくする兄弟姉妹のことを指します。亡くなった程氏の妹は異母兄弟であることは前述しました。また、慈妣《じひ》の「妣《ひ》」とは亡くなった母を呼び、亡くなった父は「考《こう》」といいます。「髫《ちょう》」はうなじのあたりで切りそろえた小児の髪のことをいいます。

「誰《だれ》か兄弟無《けいていな》からん」の表現は、一人っ子が多い現代には通用しませんが、当時の貴族や武人の家では正妻の他に側室《そくしつ》がいることが当たり前だった時代ですから、子どもがたくさんいたのでしょう。陶淵明は最初の妻に先立たれたのち二番目の妻と結婚しますが、正妻の外に側室がいたのかどうかははっきりしません。しかし、同い年の男の児がいたことから、側室がいたはずとの説があることを記しておきます。
あらためて祭文の一部を見ても「髫《ちょう》を撫《ぶ》して相成《あいな》す」といった表現にみられるように陶淵明の妹に対する愛情の細やかさを感じることができます。

この年、東晋でおきた政治的な出来事は、すでに亡き桓玄《かんげん》の残党であった殷仲文《いんちゅうぶん》、駱冰恒《らくひょうこう》、曹靖之《そうせいし》らが殺害され、東晋から桓玄の影響力は一掃されています。替わって台頭したのが、かつて陶淵明の同僚でもあった劉裕《りゅうゆう》です。こうした東晋帝室内の権力争いは、陶淵明にとっては気がかりなことであったと推測されますが、同時にこの時期はいよいよ本格的な田園生活に入るための農作業に忙殺されたときであったと思われます。

そして、翌年六月には、前述したように陶淵明の「園田《えんでん》の居《きょ》」は火事にあっています。突然のことで焼け出された陶淵明は家の前につないだ舟の中でしばらく暮らし、その後、仮住まいの家に移ります。この仮住まいの家がどこか、詳しいことはわかっていません。そして、四一一年（安帝の義熙《ぎき》七年）に、南村《なんそん》に移り住み、ここで十五年余り暮らし、最期を迎えます。また、最期は陶家の本宅である「閑居」で迎えたとの説もあります。

その後、東晋では、山東に勢力を築き東晋を脅かす「南燕《なんえん》」を四一〇年（安帝の義熙《ぎき》六年）攻め滅ぼすなどの功績をあげた劉裕の権勢は皇帝の地位をしのぐことになりました。「南燕《なんえん》」は三九九年に鮮卑《せんぴ》族の慕容徳《ぼようとく》が建国し、都は広固《こうこ》（現在の山東省青州市）で、山東半島を支配する小国でしたが三代皇帝の慕容超《ぼようちょう》の時代に劉裕《りゅうゆう》によって滅ぼされ、慕容超は東晋の都、建康《けんこう》に連行され殺害されました。また、南からは孫恩の残党が攻め込み、一時は建康に迫りましたが、これを山東から帰還した劉裕によって退けられます。こうした出来事は、すでに田園生活を始めて五年経っていた陶淵明にとっても気になる動きでした。

陶淵明にとって精神的に大きな打撃を受けた出来事は、四〇八年（安定の義熙四年）の「園田の居」の火災と、四一一年（安帝の義熙《ぎき》七年）、彼が四十七歳のときに従弟《いとこ》の陶敬遠《とうけいえん》が亡くなったことです。陶敬遠《とうけいえん》は享年三十一。若すぎる死です。特に、陶淵明にとっては実母を亡くし喪に服し躬耕《きゅうこう》生活を送ったとき、寝起きをともにし、田畑を耕した仲の敬遠です。

陶淵明と敬遠は祖父を同じくする従弟《いとこ》で、二人の父はそれぞれ孟氏《もうし》の娘を妻にしています。年は一回り以上離れていましたが、性格も似ていたようで、男の兄弟がいなかった陶淵明は実の弟のような感情を敬遠に懐いていても不思議はありません。そんな敬遠が帰らぬ人となったのですから、そのときの陶淵明の喪失感はいかばかりであったか、その思いの一端が『従弟敬遠《じゅうていけいえん》を祭《まつ》る文《ぶん》』に表れています。

『従弟敬遠を祭る文』は全文四百二十五文字と比較的長文です。人の死に関する文には「哀《あい》」「誄《るい》」「祭文《さいぶん》」の三種類あり、「哀」は人の死を悼む文、「誄」はその人の生前の功徳を讃える文、「祭文」は死者の霊を祭る文とされ、それぞれ文章のスタイルも異なります。陶淵明の『従弟敬遠《じゅうていけいえん》を祭《まつ》る文《ぶん》』は祭文の典型のような文章で、現代に生きる私たちが弔辞などを述べるさいに参考となる表現もあるので、全文を紹介します。

従弟敬遠《じゅうていけいえん》を祭《まつ》る文《ぶん》

歳《とし》は辛亥《しんがい》に在《あ》り
月《つき》は惟《こ》れ仲秋《ちゅうしゅう》　旬有九日《じゅんゆうくにち》
従弟敬遠《じゅうていけいえん》　辰《しん》を卜《ぼく》し云《ここ》に窆《へん》し
永《なが》く后土《こうど》に寧《やす》んぜしむ
平生《へいぜい》の遊処《ゆうしょ》に感《かん》じ
一《ひと》たび往《ゆ》いて返《かえ》らざるを悲《かな》しむ

祭従弟敬遠文

歳在辛亥
月惟仲秋　旬有九日
従弟敬遠　卜辰云窆
永寧后土
感平生之游處
悲一往之不返

情《じょう》は惻惻《そくそく》として以《もっ》て心《こころ》を摧《くだ》き
涙《なみだ》は愍愍《びんびん》として眼《め》に盈《み》つ
乃《すなわ》ち園果時醪《えんかじろう》を以《もっ》て
其《そ》の将《まさ》に行《ゆ》かんとするに祖《はなむけ》す
嗚呼《ああ》哀《かな》しい哉《かな》
於鑠《ああ》　我《わ》が弟《おとうと》　操有《そうあ》り概有《がいあ》り
孝《こう》は幼齢《ようれい》に発《はっ》し　友《ゆう》は天愛《てんあい》自《よ》りす
思《おも》い少《すく》なく欲寡《よくすくな》く　執靡《しゅうな》く介靡《かいな》し
己《おのれ》を後《あと》にし人《ひと》を先《さき》にし　財《ざい》に臨《のぞ》んでは恵《めぐ》まんと思《おも》う
心《こころ》に得失《とくしつ》を遺《わす》れ　情《じょう》は世《よ》に依《よ》らず
其《そ》の色《いろ》は能《よ》く温《おだやか》なるも　其《そ》の言《げん》は則《すなわ》ち厲《はげ》し
勝《すぐ》れたるを楽《たの》しみ高《たか》きを朋《とも》とし　好《この》むは是《こ》れ文芸《ぶんげい》
遙遙《ようよう》たる帝郷《ていきょう》　爰《ここ》に奇心《きしん》を感《かん》じ
粒《りゅう》を絶《た》ち務《つと》めを委《す》てて　山陰《さんいん》に考槃《こうばん》する
淙淙《そうそう》たる懸溜《けんりゅう》　曖曖《あいあい》たる荒林《こうりん》

情惻惻以摧心
涙愍愍而盈眼
乃以園果時醪
祖其將行
嗚呼哀哉
於鑠我弟　有操有概
孝發幼齡　友自天愛
少思寡欲　靡執靡介
後己先人　臨財思惠
心遺得失　情不依世
其色能溫　其言則厲
樂勝朋高　好是文藝
遙遙帝鄉　爰感奇心
絕粒委務　考槃山陰
淙淙懸溜　曖曖荒林

晨《あした》には上薬《じょうやく》を採《と》り　夕《ゆう》べには素琴《そきん》を閑《なら》う

晨採上薬　夕閑素琴

辛亥《かのとい》の歳の秋　八月十九日
従弟敬遠のために日時を占いこの地に埋葬し　永く大地で安らかな眠りにつかせる
これまでの親交に感謝し　二度と帰らぬ君を悲しむ
悲しみは私にひしひしと迫《せま》り心をうち摧《くだ》き　憐《あわれ》みの涙は眼にいっぱいになる
庭の果物としぼりたての濁《にご》り酒を供《そな》えて　死出《しで》の旅路《たびじ》の手向《たむ》けとする
ああ哀しいことだ
わが弟よ　君は節操固く気概に富んでいた
君は幼いころから孝養心《こうようしん》が篤《あつ》く　友情も天賦《てんぷ》のものだった
思いめぐらすこともなく欲《よく》もなく　執着心《しゅうちゃくしん》もなく我《が》もつよくなかった
自分のことより人のことを優先して　財貨があれば人にめぐもうと考えていた
損得は考えず　人への情けも世間のやりかたとはちがっていた
態度はおだやかだが　言わなければならないことはきっぱり言った

景勝《けいしょう》の地を楽しみ高い山を朋《とも》として親しみ　詩や文章を作ることを好んだ
君は遥か彼方の神仙の地に好奇心をもち
五穀《ごこく》を絶って　世俗の仕事もなげうって山林に隠棲《いんせい》した
流れる滝や　うすぐらい林の中に分け入り
朝早くから仙薬を採りに行き　夕べには琴を弾いて楽しんだ

曰《いわ》く仁者《じんしゃ》は寿《いのちなが》し　竊《ひそか》に独《ひと》り之《これ》を信《しん》ず
如何《いかん》ぞ斯《こ》の言《げん》　徒《いたずら》に能《よ》く欺《あざむ》かれんとは
年甫《としはじ》めて立《りつ》を過《す》ぎるや　奄《えん》として世《よ》と辞《じ》し
長《とこしえ》に蒿里《こうり》に帰《き》し　邈《ばく》として還《かえ》る期無《ときな》し
惟《おも》うに我《われ》と爾《なんじ》は　但《ただ》親友《しんゆう》あるのみならず
父《ちち》は則《すなわ》ち同生《どうせい》　母《はは》は則《すなわ》ち従母《じゅうぼ》なり
相《とも》に齠齔《ちょうしん》に及《およ》んで　並《なら》びに偏咎《へんきゅう》に罹《かか》る
斯《こ》の情実《じょうまこと》に深《ふか》く　斯《こ》の愛実《あいまこと》に厚《あつ》し

曰仁者壽　竊獨信之
如何斯言　徒能見欺
年甫過立　奄與世辭
長歸蒿里　邈無還期
惟我與爾　匪但親友
父則同生　母則從母
相及齠齔　並罹偏咎
斯情實深　斯愛實厚

疇《か》の昔日《せきじつ》の同房《どうぼう》の歓《かん》を念《おも》う
冬《ふゆ》は縕褐《うんかつ》無《な》く　夏《なつ》は瓢箪《ひょうたん》渇《かつ》するも
相将《あいひき》いるに道《みち》を以《もっ》てし　相開《あいひら》くに顔《かお》を以《もっ》てす
豈乏《あにとぼ》しきこと多《おお》からざらんや　忽《たちま》ち飢寒《きかん》を忘《わす》る
余《よ》嘗《かつ》て学仕《がくし》して　人事《じんじ》に纏綿《てんめん》し
流浪《るろう》して成《な》る無《な》し　素志《そし》に負《そむ》かんことを懼《おそ》る
策《むち》を斂《おさ》めて帰《かえ》り来《きた》るや　爾《なんじ》は我《わ》が意《い》を知《し》り
常《つね》に手《て》を携《たずさ》えて　彼《か》の衆議《しゅうぎ》を寘《お》かんことを願《ねが》えり

念疇昔日　同房之歡
冬無縕褐　夏渴瓢簞
相將以道　相開以顔
豈不多乏　忽忘飢寒
余嘗學仕　纏綿人事
流浪無成　懼負素志
斂策歸來　爾知我意
常願携手　寘彼衆議

仁者は長寿だといわれ　私も一人でひそかにそう信じていた
ところがこの言葉にまんまと騙されようとは
やっと三十になったばかりで　忽然《こつぜん》とこの世と別れを告げようとは
永久に死者の住処《すみか》に帰り　ついにこの世には還《かえ》ってこない
思うに私と君は　単に親友であるばかりでなく

父親は兄弟で　母はお互いの母方の姉妹だった
そのうえお互いまだ子どものころ　相ついで父に先立たれ
二人の交わりは特別に深く　愛情はことのほか厚かった
その昔二人して同室で暮らしたときのことを思いだす
冬にも粗末な綿入れもなく　夏には飲み食いするものにも乏しかった
二人で道について学び　いつも笑顔で接していた
ひもじいときも少なからずあったが　二人でいると飢えも寒さも忘れてしまう
私はかつて仕官して俗世間のことに煩わされ
右往左往するばかりで　平素抱いていた志《こころざし》にそむくことを懼《おそ》れていた
官を辞して田園に帰ってくれれば　君は私の気持ちを分かってくれた
いつも私と協力して　世間のわずらわしい詮議《せんぎ》だてを捨て去ることを願った

毎《つね》に惟《おも》う有秋《ゆうしゅう》に　我将《われまさ》に其《そ》れ刈《か》らんとするや
汝《なんじ》と偕《とも》に行《ゆ》き　舟《ふね》を舫《なら》べて同《ともに》に済《わた》る
水浜《すいひん》に三宿《さんしゅく》し　楽《たの》しんで川《かわ》の界《ほとり》に飲《の》む
静月《せいげつ》澄《す》みて高《たか》く　温風始《おんふうはじ》めて逝《ゆ》けるを
杯《さかずき》を撫《な》でて言《い》う　物《もの》は久《ひさ》しく人《ひと》は脆《もろ》し
奈何《いかん》せん吾《わ》が弟《おとうと》　我《われ》に先《さき》んじて世《よ》を離《はな》れ
事《こと》は尋《たず》ぬべからず　思《おも》いも亦《また》何《なん》ぞ極《きわ》まらん
日徂《ひゆ》き月流《つきなが》れ　寒暑代《かんしょかわ》るがわる息《や》む
死生《しせい》は方《ほう》を異《こと》にし　存亡《そんぼう》は域《いき》有《あ》り
晨《あした》を候《ま》って永《とこしえ》に帰《かえ》り　塗《みち》を指《さ》して載《すなわ》ち陟《のぼ》る
呱呱《ここ》たる遺稚《いち》　未《いま》だ正《ただ》しく言《い》うこと能《あた》わず
哀哀《あいあい》たる嫠人《りじん》　礼儀《れいぎ》孔《はなは》だ閑《なら》えり
庭樹《ていじゅ》は故《もと》の如《ごと》く　斎宇廓然《さいうかくぜん》たり
孰《たれ》か云《い》う　敬遠《けいえん》　何時《いずれのとき》か復《ま》た還《かえ》らんと
余《よ》は惟人《これひと》なれば　兹《こ》の近情《きんじょう》に昧《くら》し

毎惟有秋　我将其刈
與汝偕行　舫舟同濟
三宿水濱　樂飲川界
靜月澄高　溫風始逝
撫杯而言　物久人脆
奈何吾弟　先我離世
事不可尋　思亦何極
日徂月流　寒暑代息
死生異方　存亡有域
候晨永歸　指塗載陟
呱呱遺稚　未能正言
哀哀嫠人　禮儀孔閑
庭樹如故　斎宇廓然
孰云敬遠　何時復還
余惟人斯　昧兹近情

蓍亀《しき》吉《きち》有《あ》り　我《わ》が祖行《そこう》を制《せい》す
旆《はた》の翩翩《へんぺん》たるを望《のぞ》んで　筆《ふで》を執《と》れば涕《なみだ》盈《み》つ
神《しん》其《そ》れ知《し》る有《あ》れば　余《よ》が中誠《ちゅうせい》を昭《あき》らかにせん
嗚呼《ああ》哀《かな》しい哉《かな》

蓍亀有吉　制我祖行
望旆翩翩　執筆涕盈
神其有知　昭余中誠
嗚呼哀哉

秋になって収穫時になると
君と一緒に刈り入れをし　舟を並べて川をわたり
川のほとりで三日も宿泊して　河原で楽しく飲んだ
静かな月が澄みわたった空に高く　温かい風がふいていた
盃を片手に物は久しいが人ははかないと思う
弟よ　どうして君は私より先に逝ってしまったのか
もう戻れないが　この思いは尽きることはない
月日が経ち　寒さ暑さは代わるがわるにやってくる
死者と生者は進む方向も違い　それぞれの居場所も異なる

しかし皆いつの日にか冥途《めいど》に向かって進んでいくのだ
遺された幼子《おさなご》は泣くばかりで　まだよくしゃべれない
可哀そうに夫を亡くした夫人はよく礼儀をわきまえている
庭の木々は元のままで　家の中はがらんとしている
敬遠はほんとうに二度と帰ってこないのだろうか
私はまだ生きているからあの世のことにはくらいが
筮竹《ぜいちく》と亀の甲羅で占うと吉とでたので　こうしてお祀りを執り行っている
葬儀の旐《はた》の翻《ひるがえ》るのを見ながら　筆をとっていると涙があふれてならない
君の霊魂はきっと私の真心をわかってくれるはずである
ああほんとうに哀しい

従弟《いとこ》を亡くした陶淵明の悲しみが読む者の心に切々と伝わる名文です。この文のなかで、気になる表現があります。それは第一段落、最後の数行、次の部分です。

遙遙《ようよう》たる帝郷《ていきょう》　爰《ここ》に奇心《きしん》を感《かん》じ
粒《りゅう》を絶《た》ち務《つとめ》を委《す》てて山陰《さんいん》に考槃《こうばん》する
淙淙《そうそう》たる懸溜《けんりゅう》　曖曖《あいあい》たる荒林《こうりん》
晨《あした》には上薬《じょうやく》を採《と》り　夕《ゆう》べには素琴《そきん》を閑《なら》う

遙遙帝郷　爰感奇心
絶粒委務　考槃山陰
淙淙懸溜　曖曖荒林
晨採上薬　夕閑素琴

「帝郷《ていきょう》」とは仙人の棲《す》む所をさし、「絶粒《ぜつりゅう》」とは仙人となる修行のひとつで五穀《ごこく》を絶つこと、「考槃《こうばん》」は隠居することです。陶敬遠《とうけいえん》は神仙思想に関心をよせ、絶食などの修行も実践し陶淵明同様、当時の多くの知識人がそうであったように、老荘思想に強い興味を抱いていました。本来、老荘思想は神仙思想とは異なる思想ですが、例えば『荘子《そうじ》』「逍遙遊《しょうようゆう》篇」には藐姑射《ばくこや》の山に神人がいて露《つゆ》を飲むだけで五穀《ごこく》は一切口にせず、雲気や龍に乗って四海の外に遊ぶ話が載っていますし、老子は神仙思想の流れを汲む五斗米道《ごとべいどう》などの信者の尊敬を集めていました。老荘思想と神仙思想は解りやすく言えば親戚関係にあったと言えます。陶淵明は神仙思想には懐疑的でしたが、従弟《いとこ》の敬遠はこの点、陶淵明とは異なり、「爰《ここ》に奇心《きしん》を感《かん》じ」とあるように神仙思想にかなりのめりこんでいたのです。こう考えると、さらさらと流れる滝や、薄暗い森林に分け入って、採取した「上薬《じょうやく》」とは、飲むと不老不死の仙人になれるといわれた「仙薬《せんやく》」であったと考えることができます。

◆薬に代えて酒を飲んだ隠者

　実は、神仙思想と、「仙薬《せんやく》」は切り離せない関係にあったのです。世俗を離れて仙界に遊ぶには「薬」の助けを借りていたことは、一部の現代人が現実逃避の方法として覚せい剤などにはまってしまうこととも通じるものがあります。こののちに紹介する魯迅《ろじん》の講演録を読むと、西晋《せいしん》の名士であった何晏《かあん》という人物が「仙薬」の一種である「五石散《ごせきさん》」を飲み始め、西晋の名士の中には彼に倣って「五石散」を飲むことが流行したことがわかります。これらの「仙薬《せんやく》」を飲む習慣は東晋に入ってからも一部の人々に受け継がれ、晋帝室の中でも続けられたことがわかっています。東晋の末期に多くの皇族が異常な行動をとることがあり、また明帝《めいてい》二十七歳、成帝《せいてい》二十二歳、康帝《こうてい》二十三歳、穆帝《ぼくてい》十九歳、哀帝《あいてい》二十五歳と皇帝が相次いで若くして死去した背景には、こうした「仙薬《せんやく》」が人の精神や肉体に与えた影響があったとも考えられます。

　くだんの講演録で魯迅《ろじん》は、「竹林《ちくりん》の七賢《しちけん》」は「仙薬《せんやく》」にはまらず、替わって「酒」にひたることが現実からの逃避の手段であったと指摘していますが、そう考えれば陶淵明が「酒」に執着した理由がわかります。

　陶敬遠《とうけいえん》は三十一歳の若さで亡くなっていますが、死因に、「仙薬《せんやく》」の影響があった可能性も否定できず、陶淵明は彼を弔う文章の中でさりげなくそのことを指摘していたのだと私は推測します。
なお、「仙薬《せんやく》」について、現在の見方からすれば、毒物ないしは違法薬物の一種と考えられますが、当時の考え方では、人を不老長寿にする薬、あるいは身体を壮健にする薬ととらえられ、「仙薬」の研究がその後の中国医学の発展に貢献したとする見方があることも紹介しておきます。

陶淵明が、彭沢県令《ほうたくけんれい》を辞して、移り住んだ「園田《えんでん》の居《きょ》」についてのイメージは『帰去来《ききょらい》の辞《じ》』と『園田の居に帰る』の詩を読めばそれなりに湧いてきますが、その家が火事に遭ってから、そののちに移った南村《なんそん》の様子については、あまり知られていないのではないでしょうか。陶淵明の人生にとっては「園田の居」より、ここ南村で過ごした時間のほうが長かったわけですから、南村についての理解も必要です。そう考えて、陶淵明が南村に移った際に作った詩を紹介します。

居《きょ》を移《うつ》す　二首　その二

移居　二首　其二

春秋《しゅんじゅう》には佳日《かじつ》多《おお》し

春秋多佳日

高《たか》きに登《のぼ》って新詩《しんし》を賦《ふ》す
門《もん》を過《す》ぐれば更〻《こもごも》相呼《あいよ》び
酒《さけ》有《あ》らば之《これ》を斟酌《しんしゃく》す
農務《のうむ》には各自《かくじ》帰《かえ》り
閑暇《かんか》には輒《すなわ》ち相思《あいおも》う
相思《あいおも》えば則《すなわ》ち衣《い》を披《ひら》き
言笑《げんしょう》して厭《あ》く時無《ときな》し
此《こ》の理《り》　将《ま》た勝《まさ》らざらんや
忽《おろそ》かに玆《ここ》より去《さ》るを為《な》す無《な》かれ
衣食《いしょく》　当《まさ》に須《すべか》らく紀《おさ》むべし
力耕《りきこう》　吾《われ》を欺《あざむ》かず

春と秋には天気のいい日が多い
丘に登って新しく詩を作る

登高賦新詩
過門更相呼
有酒斟酌之
農務各自歸
閑暇輒相思
相思則披衣
言笑無厭時
此理將不勝
無爲忽去玆
衣食當須紀
力耕不吾欺

家の前を通る人にはお互い声を掛け合い
酒があれば互いに酌み交わす
野良仕事があれば田畑に帰るが
暇なときはお互いに思い出して
着替えをして訪問する
笑いあって言葉を交わせばいつまでも飽きることがない
こうして暮らすことに勝《まさ》る理《ことわり》はない
だから軽々しくこの地を去ることはしない
自給自足の生活こそが大切だ
農作業は力仕事だが一生懸命励《はげ》めばそれなりの収穫はある

詩中に「高《たか》きに登《のぼ》る」の文字があり、「登高」とは重陽の節句に近くの小高い丘に登って酒を酌む習慣があるので、陶淵明が南村《なんそん》に引っ越して間もない重陽の節句に近い秋の一日に作った詩であろうと推測されます。

南村《なんそん》がどこにあるかははっきりしませんが、人々の行き来がかなり頻繁にあることから、その前の「園田《えんでん》の居《きょ》」と同じように、「人境」にあったに違いありません。しかも、「園田の居」より、さらに南村《なんそん》の陶淵明の居宅を訪れる人の数は多かったと推測されます。もちろん、近隣の農家の人も、気軽に陶淵明のもとを訪れたでしょうし、こののち陶淵明は「尋陽《じんよう》の三隠《さんいん》」との名声を得ることになりますから、彼をしたってやってくる名士たちもいたことでしょう。また、南村《なんそん》の居宅については、『居を移す　二首　その一』の詩の中で「弊廬《へいろ》何《なん》ぞ必《かなら》ずしも広《ひろ》からん　牀席《しょうせき》を蔽《おお》うに足《た》るを取《と》る」とあります。この「弊廬《へいろ》」とは南村《なんそん》の居宅のことで、「私の住む家は、必ずしも広くはないが、寝る所と座るひろさがあれば十分だ」といっていますから、焼失前の「園田《えんでん》の居《きょ》」と比べて、さらに手狭であったことが想像されます。隠居暮らしですから、それでもう十分だということで、南村《なんそん》に移り住んだ当初は、この新しい居宅が大いに気に入っていました。

しかし、南村《なんそん》での生活が平穏無事な日々の連続であったとは言い切れません。まもなく五十代になり、肉体的な衰えを感じることもあったでしょうし、従弟《いとこ》の敬遠《けいえん》の死も手伝って、鬱々たる気分に襲われることもあったと思われます。陶淵明は五十一歳でマラリアに感染し、以後、死ぬまでこの病と付き合っていくことになります。

◆桃花源記《とうかげんき》

「記《き》」とは本来、客観的な内容を記録した文学の一分野で、古くは古代の礼について書き記した『礼記《らいき》』や司馬遷《しばせん》が書いた歴史書『史記《しき》』などが有名です。陶淵明がこの散文に、『桃花源《とうかげん》の記《き》』とわざわざ「記」の文字を使った背景には、人々に、この話は実際にあった話だと思わせる意図があったと思われます。

『桃花源の記』には、陶淵明が求めてやまず、実際には果たすことができなかった田園暮らしの理想の姿が表されています。文章は日本の高校の教科書でも紹介されているくらい平易な表現なので、まず全文を読んでみましょう。

桃花源《とうかげん》の記《き》　　桃花源記

晋《しん》の太元中《たいげんちゅう》　　晋太元中

武陵《ぶりょう》の人《ひと》　魚《うお》を捕《とら》うるを業《ぎょう》とする　　武陵人捕魚爲業

渓《けい》に縁《そ》うて行《ゆ》き　路《みち》の遠近《えんきん》を忘《わす》る
忽《たちま》ち桃花林《とうかりん》に逢《あ》う　岸《きし》を夾《はさ》むこと数百歩《すうひゃくほ》
中《なか》に雑樹《ざつじゅ》無《な》く　芳華鮮美《ほうかせんび》にして
落英繽紛《らくえいひんぷん》たり
漁人《ぎょじん》甚《はなは》だ之《こ》れを異《あや》しむ　復《ま》た前《すす》み行《ゆ》きて
其《そ》の林《はやし》を窮《きわ》めんと欲《ほっ》す
林《はやし》は水源《すいげん》に尽《つ》き　便《すなわ》ち一山《いちざん》を得《え》る
山《やま》に小口《しょうこう》有《あ》り　髣髴《ほうふつ》として光《ひかり》有《あ》るが若《ごと》し
便《すなわ》ち舟《ふね》を捨《す》て口《くち》より入《はい》る
初《はじ》めは極《きわ》めて狭《せま》く　纔《わずか》に人《ひと》を通《とお》すのみ
復《ま》た行《ゆ》くこと数十歩《すうじゅっぽ》　豁然《かつぜん》として開朗《かいろう》なり
土地《とち》は平曠《へいこう》にして　屋舎《おくしゃ》は儼然《げんぜん》たり
良田《りょうでん》　美池《びち》　桑竹《そうちく》の属《たぐい》有《あ》り
阡陌《せんぱく》交《まじ》わり通《つう》じ　鶏犬相聞《けいけんあいきこ》こゆ
其《そ》の中《なか》に往来《おうらい》し種作《しゅさく》する　男女《だんじょ》の衣著《いちゃく》は

縁渓行　忘路之遠近
忽逢桃花林　夾岸數百歩
中無雑樹　芳華鮮美
落英繽紛
漁人甚異之　復前行
欲窮其林
林盡水源　便得一山
山有小口　髣髴若有光
便捨舟從口入
初極狭　纔通人
復行數十歩　豁然開朗
土地平曠　屋舎儼然
有良田　美池　桑竹之屬
阡陌交通　鶏犬相聞
其中往來種作　男女衣著

悉《ことごと》く外人《がいじん》の如《ごと》し
黄髪《こうはつ》　垂髫《すいちょう》　並《なら》びに怡然《いぜん》として自《みずか》ら楽《たの》しめり
漁人《ぎょじん》を見《み》て　乃《すなわ》ち大《おお》いに驚《おどろ》き
従《よ》って来《きた》る所《ところ》を問《と》う　具《つぶ》さに之《これ》に答《こた》う
便《たちま》ち要《むか》えて家《いえ》に還《かえ》り　為《ため》に酒《さけ》を設《もう》けて
鶏《とり》を殺《ころ》して食《しょく》を作《つく》る
村中《そんちゅう》　此《こ》の人《ひと》有《あ》るを聞《き》き　咸《みな》来《きた》りて問訊《もんじん》す
自《みずか》ら云《い》う
先世《せんせ》　秦《しん》の時《とき》の乱《らん》を避《さ》け
妻子《さいし》と邑人《ゆうじん》を率《ひき》いて
此《こ》の絶境《ぜっきょう》に来《きた》り　復《ま》た焉《ここ》より出《い》でず
遂《つい》に外人《がいじん》と間隔《かんかく》せり
今《いま》は是《こ》れ何《なん》の世《よ》ぞと問《と》う
乃《すなわ》ち漢《かん》有《あ》るを知《し》らず　魏晋《ぎしん》は論《い》うまでも無《な》し
此《こ》の人《ひと》　一一為《いちいちため》に具《つぶ》さに聞《き》ける所《ところ》を言《い》うに

悉如外人
黄髪垂髫　並怡然自樂
見漁人　乃大驚
問所從來　具答之
便要還家　爲設酒
殺鷄作食
村中聞有此人　咸來問訊
自云
先世避秦時亂
率妻子邑人
來此絶境　不復出焉
遂與外人間隔
問今是何世
乃不知有漢　無論魏晉
此人一一爲具言所聞

皆《みな》歎惋《たんわん》す
余人《よじん》　各々《おのおの》復《また》延《まね》きて其《そ》の家《いえ》に至《いた》らしめ
皆《みな》酒食《しゅしょく》を出《い》だす
停《とど》まること数日《すうじつ》にして　辞《じ》し去《さ》る
此《こ》の中《なか》の人《ひと》語《つ》げて云《い》う
外人《がいじん》の為《ため》に道《い》うに足《た》らざる也《なり》
既《すで》に出《い》づるや　其《そ》の舟《ふね》を得《え》て
便《すなわ》ち向《さき》の路《みち》に扶《そ》い　処処《しょしょ》に之《これ》を誌《し》す
郡下《ぐんか》に及《およ》び　太守《たいしゅ》に詣《いた》りて説《と》くこと此《かく》の如《ごと》し
太守《たいしゅ》即《すなわ》ち人《ひと》を遣《つか》わして其《そ》の往《ゆ》くに随《したが》い
向《さき》に誌《しる》せし所《ところ》を尋《たず》ねしむるも
遂《つい》に迷《まよ》いて　復《ま》た路《みち》を得《え》ず
南陽《なんよう》の劉子驥《りゅうしき》は　高尚《こうしょう》の士《し》なり
之《これ》を聞《き》き　欣然《きんぜん》として往《ゆ》かんと規《はか》りしも
未《いま》だ果《は》たさざるに　尋《つ》いで病《や》みて終《おわ》わりぬ

皆歎惋
餘人各復延至其家
皆出酒食
停數日　辭去
此中人語云
不足爲外人道也
既出　得其舟
便扶向路　處處誌之
及郡下　詣太守説如此
太守卽遣人隨其往
尋向所誌
遂迷不復得路
南陽劉子驥　高尚士也
聞之　欣然規往
未果　尋病終

後遂《のちつい》に津《しん》を問《と》う者無《ものな》し　後遂無問津者

晋の孝武帝《こうぶてい》の御代《みよ》　太元年間　武陵《ぶりょう》に魚を捕ることを生業《なりわい》にしている人がいた
谷間にそって舟をあやつっていると　遠くまで来てしまった
すると　あたり一面　桃の花が咲きほこる林があった
川を挟んだ両岸　数百歩　桃の木以外なく　その香りは芳しく　ひらひら舞い落ちる桃の花びらが見事だった
漁師は不思議に思い　さらに進んで　その林の果てを確かめようとした
林は水源で尽き　山があった　山裾に小さな入り口があり　その先に光が見える
ここで舟を下りて　その小さな入り口から中へ入っていった
入ってすぐはきわめて狭く　人ひとりがやっと通れるくらいだった
さらに数十歩往くと　突然目の前が開けた　土地は広く平らで　そこに建つ家や館は立派で　手入れの行き届いた田や畑　見事な池があり　桑畑や竹の林があり　田畑のあぜ道は四方に通じていた　鶏と犬の鳴き声が聞こえる

道を往来し　畑仕事をしている男女が着ている服は異人が着ているもののようだった
老人や子どももみな笑顔で　いかにも楽しそうだった
人々は漁師を見て驚き　一体どこから来たのかと質問する
漁師はことの顛末を詳しく話すと　村人は歓迎して家に漁師を連れ帰り　酒席を設け　鶏をつぶしてもてなしてくれた
漁師は村の中ですっかり有名になって　皆がやってきてあれこれ質問する　村人がいうには
「先の世　秦の時代に戦乱を避けて　妻子や村人を引き連れてこの人里離れた村に来た　それからずっと村を出ないでいたので　今では外の人とすっかり隔離されてしまった」
「ところで今はどなたの御代《みよ》ですか？」と問われた　つまり　村人は漢の時代を知らずにいて　ましてや魏や晋の時代は知るはずもない
漁師は知っていることを詳しく話をすると　村人はみんなびっくりした
他の村人たちは代わるがわる漁師を自宅に招いて　酒食のもてなしをした

数日間　滞在し　そろそろ帰ることにした　村人は「ここで見聞きしたことは外部の人に言わないでほしい」と告げた
村を出て　自分の舟をさがして　前に来たルートで帰り　途中　所々に印をつけておいた
武陵《ぶりょう》郡の町に着き　太守のもとに駆け付けて　自分の経験をつぶさに話した
太守は　人を派遣して　漁師と一緒にその村に向かわせた
道々印をつけてきたから　再訪できると思っていたが　道に迷い　たどり着けなかった
南陽郡《なんようぐん》の劉子驥《りゅうしき》先生は　物事をよくわきまえた人物で　この話をきいて　喜んで自分もこの村を訪ねてみようとしたが　実現できないうちに病を得て亡くなってしまった
その後　ついにこの村を尋ねる人はいなかった

書き出しは東晋の孝武帝《こうぶてい》の太元の時代で始まりますから、陶淵明が十代のころの設定です。遠い昔の話ではなく、ついこの前に起きたできごととして読む人の関心を引きます。

桃源郷を訪ねたのは、武陵《ぶりょう》に住む漁《りょう》を生業《なりわい》とする人物です。東晋の時代の武陵郡は長江の上流、桓玄《かんげん》が拠点とした荊州《けいしゅう》の南に位置し、長江の支流の沅江《げんこう》が流れる地域です。現在の湖南省常徳市《こなんしょうじょうとく》にあたります。当時、実際にこの地の漁師が川の支流奥深く入り込んで行方不明になったとの話があったようです。陶淵明がどこかでその話を聞き、これに脚色して文章にしたとの説もあります。しかし、具体的な村の風景や村人の描写などは陶淵明の創作と考えられます。それは陶淵明自身がそれまでの人生で求めてきた理想郷の姿がそこに描かれているからです。

土地《とち》は平曠《へいこう》にして　屋舎《おくしゃ》は儼然《げんぜん》たり
良田《りょうでん》　美池《びち》　桑竹《そうちく》の属《たぐい》有《あ》り
阡陌交《せんはくま》わり通《つう》じ　鶏犬相聞《けいけんあいき》こゆ
其《そ》の中《なか》に往来種作《おうらいしゅさく》する　男女《だんじょ》の衣著《いちゃく》は
悉《ことごと》く外人《がいじん》の如《ごと》し

土地平曠　屋舎儼然
有良田　美池　桑竹之属
阡陌交通　鶏犬相聞
其中往来種作　男女衣著
悉如外人

この文章には『外人』の表現が三カ所あります。『外人』は外部の人、つまり桃源郷の外の人々の意味ですが、この部分の「外人」は「外国人」、「異人」と解釈するのが自然でしょう。

文中で陶淵明自身を仮託したと思われる漁師は、村人が、ここに住み着いたわけを尋ねています。返ってきた答えは、「先の世　秦の時代の乱を避け、妻子や邑人を引き連れて、この人里離れた土地にきて、それからずっとここを出ていないのです」。

「苛政《かせい》は虎《とら》より猛《たけ》し」との格言があります。その昔、孔子一行が泰山《たいざん》の傍らを過ぎたとき、戦乱や重税を逃れ、危険を承知で虎の棲む村に住み着いた人々がいました。孔子は村人の話を聞いて、弟子たちに「むごい政治は虎よりも恐ろしい」ことを胸に刻むよう教えたとのことです。桃源郷にはもちろん獰猛《どうもう》な虎の姿はありません。それどころか、美しい自然とみんなで助け合って田畑を耕し、家を建て、家畜を飼い、自給自足で、楽しく談笑し、飲みかつ喰らい、珍しい客があれば、村をあげて歓迎する、そんな純朴さを持った村人ばかりがいます。これらは全て陶淵明が夢に描いた理想社会の姿に他なりません。しかし、桃源郷のそとでは、殺戮と強奪の戦乱の世の地獄絵図が存在しています。これが現実です。

偶然、桃源郷を訪問することになった江陵《こうりょう》の漁師は、その夢のような体験から、もう一度訪れようと目印をつけて、自分がこれまで暮らしていた社会に戻りますが、再び訪ねようと舟を出しても、その村のありかはわかりません。

陶淵明が、『桃花源記《とうかげんき》』を著したのは、晩年の五十代のことだとの見方が一般的です。清の姚培謙《ようばいけん》は、その著『陶謝詩集』の中で、陶淵明が『桃花源記《とうかげんき》』を書いたのは四一七年、ないし四一八年（安帝の義熙《ぎき》十三、十四年）、まさに劉裕《りゅうゆう》が安帝を殺害してその後に恭帝《きょうてい》を擁立し、東晋を乗っ取ろうとしていたその時であろうと推測しています。

世俗を逃れて、「園田《えんでん》の居《きょ》」に移り住んだ陶淵明は、せめて自分が隠棲しているその地を桃花源の村のようにしたかったのではないでしょうか。しかし、その夢は叶わないまま、陶淵明はこの世を去ったのです。

武陵の桃花源は、陶淵明の『桃花源記《とうかげんき》』により有名となり、のちの時代の孟浩然《もうこうねん》や王維《おうい》、李白《りはく》、劉禹錫《りゅううしゃく》など多くの詩人が、この地を訪れ詩を賦しています。特に、劉禹錫は朗州司馬《ろうしゅうしば》を務め十年間常徳《じょうとく》に居住しました。この間、二百首あまりの詩を賦し、それは彼の生涯の作品の四分の一にあたります。

また、現在、湖南省常徳市《こなんしょうじょうとくし》は「桃花源風景名勝エリア」を設け、毎年三月に盛大な「桃花祭り」を開催しており、大勢の観光客が満開の桃の花を楽しんでいるそうです。私も機会があれば、この地を訪問してみたいと思っています。

第四章　陶淵明と政治

◆魯迅《ろじん》の陶淵明観

中国近代の傑出した文学者である魯迅《ろじん》は陶淵明について『魏・晋の気風および、文章と酒・薬との関係』と題する講演録の中で次のように述べています。

「東晋になると気風が変わってきました。社会の思想がおだやかになり、各方面に仏教思想が混じってまいります。さらにそれが晋末になりますと、乱世も見慣れてしまい、帝位簒奪《ていいさんだつ》も見慣れてしまったのか文章はいっそうおだやかになりました。おだやかな文章を代表する人に陶潜（淵明）があります」（平凡社『中国現代文学選集2　魯迅集』以下同じ引用）

魯迅は、世の中が乱れに乱れても、人々はそうした状態に慣れ、そこにひとつの秩序が生まれると説いているのです。たしかに、私の専門の経済の分野でも、「デフレ」は一国の経済を破滅に導きかねない深刻な事態です。しかし、ついこの間までの日本のようにデフレの状態が二十年以上続けば、人々は危機感をもつことなく、それを当たり前のことのように感じて、社会は不思議な安定感をたもつものです。しかし、もちろんこうした「おだやかさ」もその内側には、社会の崩壊につながる危うさが存在するのです。

魯迅《ろじん》はその点も見逃しません。「私の考えではたとえ晋の人でも、その詩文が完全に政治を超越した、いわゆる『田園詩人』とか『山林詩人』というような人はいなかったと思われます。(中略)詩文もやはり人間社会のことでありまして、詩がある以上、世の中のことに未練があることがわかろうというものです」

「陶潜はしょせん俗塵の世を超越することはできませんでした。そればかりか、政治にも関心を留めておりましたし、『死』を忘れ去ることもできなかったのであります。このことは、彼の詩の中によくでてまいります。別の見方によって研究してみれば、おそらく、従来の説とは異なった人物が形成されるかもしれません」

魯迅の文章は、東晋の陶淵明について語る前に、魏末の「竹林《ちくりん》の七賢《しちけん》」と呼ばれた人々についても触れています。

「竹林《ちくりん》の七賢《しちけん》」が世に現れたのは、魏の末期、司馬懿《しばい》の子司馬師《しばし》と司馬昭《しばしょう》が晋帝室内で実権を握っていくときのことです。陰謀渦巻く帝室内の権力争いを勝ち抜いた司馬昭の息子の司馬炎《しばえん》の時代になると国名を晋《しん》と改名し、これまでの魏との訣別を明確にします。晋王朝の初代皇帝となった司馬炎《しばえん》は武帝《ぶてい》と称されます。

「竹林《ちくりん》の七賢《しちけん》」の代表格は阮籍《げんせき》と嵇康《けいこう》でしょう。阮籍《げんせき》は、変わった特技の持ち主で、いやな客がやってくると白眼をむいて対応し、好ましい人物には青眼をもって接したそうです。このことから

「白眼視《はくがんし》」の成語ができたといわれています。

嵇康《けいこう》は、琴《きん》の名手で、文章にも非凡な才能を持っていましたが、親友の呂安《ろあん》の兄弟間の争いに巻き込まれ、司馬昭《しばしょう》によって死罪を申し渡されます。阮籍《げんせき》と嵇康《けいこう》とともに現実政治から距離をとるように心がけていましたが、阮籍は歩兵校尉という官職についていました。

一方、嵇康は仕官することを拒み続け、このことが処刑される主な理由になったと言われています。いずれにしろ乱世では、権力者ににらまれると、ささいなことから投獄され、死罪を申し付けられる人が後を絶ちません。そんな時代に知識人が権力者から身を守るには、竹林に分け入り、酒を飲み、奇抜な恰好をして「清談《せいだん》」にふけるしかなかったのです。「三国時代」に先駆けた後漢の時代に、横行する宦官政治に異を唱えた官僚たちが「清議《せいぎ》」と称して、宦官政治に反対するグループ活動を行いましたが、晋の時代の「清談《せいだん》」は、政治を離れて、老荘思想的な哲学談義を中心に議論を行う一種のサロンのような存在です。

魯迅《ろじん》は阮籍《げんせき》について次のように語っています。「彼（阮籍）は上下古今というものさえ承認しなかったのです。（中略）彼の考えでは、天地神仙すべて無意味、いっさい不要というわけです。ですから彼は、世の中の道理などは争い騒ぐ必要のないもので、神仙も信ずるにはたりない、と考えていました。いっさいが虚無であるがゆえに、彼は酒に耽溺したのであります」

陶淵明は酒をこよなく愛した点では、阮籍《げんせき》ら「竹林《ちくりん》の七賢《しちけん》」の流れをくむ人物であったことは確かでしょう。しかし、「いっさいが虚無」といった考えにはくみせず、彼自身、官職を求め、実際、官職に就いたことも一度ならずあります。『帰去来《ききょらい》の辞《じ》』を書いて、彭沢県令《ほうたくけんれい》の職を投げ捨てたのは陶淵明が四十一歳のときですから、それまでの人生は常に役人となって働きたいと考え、何度か実際に仕官しますが、長続きせずに辞めてはまた仕官を求めることの繰り返しでした。

もちろん生活のための宮仕えであったことは明らかですが、同時に、上流階級の家に生まれ知識人として自分が少年時代から学んだ知識や見識を「世の為《ため》人の為《ため》」に活かすには、官途に就くことしか考えられなかったからでもあります。特に陶淵明の故郷の尋陽《じんよう》は儒学の盛んな地方であったとの記録もあります。陶淵明は当時の知識人がそうであったように老荘思想に惹かれながら、儒教の現実重視の考え方も身にしみ込んでいました。陶淵明は、何度かの仕官を経て、やはり役人として働くことは自分には向かないと悟って職を辞したのちも、隠者のように人里離れた山奥や竹林に隠れ住んだわけではありません。「人境《じんきょう》」つまり人の住む村の中に居を構えていたことも、陶淵明が、俗世間と完全に遮断された世界に生きることを選ばなかったひとつの証《あかし》とも思えます。

◆劉裕《りゅうゆう》の帝位簒奪《さんだつ》

ここで陶淵明が彭沢県令《ほうたくけんれい》を辞め、田園に帰ってからの東晋の政治の動向についておさらいしておきます。

陶淵明が彭沢県令《ほうたくけんれい》になったのが、四〇五年（安帝《あんてい》の義熙《ぎき》元年）ですが、この前年五月に桓玄《かんげん》は江陵《こうりょう》において敗死しています。桓玄《かんげん》を追いつめ、死に追いやったのは劉裕《りゅうゆう》です。

劉裕《りゅうゆう》は、京口《けいこう》（現在の江蘇省鎮江市《ちんこうし》）で郡役所に勤める下級の書記官の子として生まれ、子どものころから勉強は嫌いで博打《ばくち》好きが昂じて、博徒の親分になったところで戦乱に乗じて劉牢之《りゅうろうし》の部下となった男です。桓玄《かんげん》に拉致された安帝《あんてい》を桓玄の手から取り戻し、首府の建康《けんこう》に連れ戻した経緯は、前述しました。

その後、劉裕《りゅうゆう》は四〇八年（義熙《ぎき》四年）、安帝によって侍中《じちゅう》・車騎将軍《しゃきしょうぐん》・開府儀同三司《かいふぎどうさんし》・揚州刺史《ようしゅうしし》・録尚書事《ろくしょうしょじ》（尚書を束ねる宰相職）に任じられ、東晋朝廷内で押しも押されもしない実力者となります。この年、陶淵明は「園田の居」が火災に遭い、しばらく舟の中で暮らしたことは二十九頁に紹介しました。

陶淵明が田園に帰って四年目の四〇九年（義熙《ぎき》五年）には、劉裕《りゅうゆう》は山東《さんとう》を根城にしていた慕容《ぼよう》徳《とく》が建国した「南燕《なんえん》」を攻め、翌四一〇年（義熙六年）、遂に「南燕」を滅ぼしました。また、この年、盧循《るじん》を頭とする広東《カントン》を根城にした天師道の信者の一部が北上して、陶淵明が隠棲する尋陽《じんよう》一帯を一時的に占拠しますが、これも建康から急遽駆け付けた劉裕によって駆逐されました。

当時の尋陽《じんよう》は江州の太守の在所で、それなりに賑わった地方都市でした。この頃、陶淵明は江州晋安郡《しんあんぐん》から独立した南郡《なんぐん》で書記をしていた殷景仁《いんけいじん》と交流を重ねていましたが、彼は数々の武勲により太尉《たいい》（現在の国防相、ないしは軍事担当の宰相）となった劉裕《りゅうゆう》に召され四一二年（義熙《ぎき》八年）都の建康《けんこう》に転勤することとなり、四十八歳の陶淵明は『殷晋安《いんしんあん》と別《わか》る』の詩を賦して贈っています。

このことからも分かるように、陶淵明は、俗世間とまったく絶縁したわけではなく、たとえ劉裕《りゅうゆう》の覚えめでたい官僚でも自分が気に入った人物とは交流を続けていました。時の権力者、劉裕《りゅうゆう》もかつて同僚であった陶淵明のことを忘れず、当時の史官の専門職である「著作郎《ちょさくろう》」への就任を打診しますが、もちろん、陶淵明はこれを断ります。しかし、陶淵明の高名は尋陽《じんよう》といわず、都の建康においても知れ渡っており、当時、同じように尋陽《じんよう》に隠棲していた周続之《しゅうぞくし》、劉遺民《りゅういみん》とともに「尋陽《じんよう》の三隠《さんいん》」と呼ばれ、東晋の名士や高官も尋陽にくると、陶淵明との面会を希望していました。彼らとは気が合えば一緒に酒を酌み交わし、意に沿わなければ面会を断っていました。相手を選ぶ自由は隠棲した陶淵明にあったのです。

一方、相次ぐ戦勝で権勢がますます盛んになった劉裕《りゅうゆう》は、四一三年（義熙九年）都に凱旋するや、戦勝祝賀の席で、古くからの戦友で予州刺史《よしゅうしし》だった諸葛長民《しょかつちょうみん》を襲って殺害します。目の上のコブは誰であろうと排除するという非情なふるまいです。

殷景仁《いんけいじん》が尋陽《じんよう》を去ったあと、陶淵明のもとを頻繁に訪れたのが顔延之《がんえんし》です。自らも詩人として名を成した顔延之《がんえんし》が去ると、次は江州刺史《こうしゅうしし》の壇詔《だんしょう》に仕えた羊松齢《ようしょうれい》と親交を結びます。

殷景仁《いんけいじん》、顔延之《がんえんし》、羊松齢《ようしょうれい》とかわるがわる交流を重ねた陶淵明は、彼らと会えば、必ず酒席を共にします。ですから決していつも孤独ではなかったのですが、何故かこの時期の詩には、一人で酒を飲んだときの作品が目立っています。劉裕《りゅうゆう》の側近の王弘《おうこう》は、陶淵明との酒席に参加することを熱望して、顔延之に同席を求めましたが、断られています。王弘《おうこう》は、その後、自身が、江州刺史《こうしゅうしし》になり、龐通之《ほうつうし》の仲介で陶淵明と昵懇《じっこん》の間柄になると、たびたび酒や肴を贈り届けます。

この時期の陶淵明の心の孤独の背景に何があったのでしょうか。たしかに自身は隠棲の身にあり、すでに十年以上の田園暮らしで、苦しいながらも精神的な自立を果たすことができました。ときおり訪ねてくる気心の知れた友人と酒を酌み交わし歓談することもできます。一見すると、充実した日々を送っているようにも感じられますが、彼が賦す詩には、彭沢県令《ほうたくけんれい》を辞して田園暮らしを始めたころの明るさがありません。どうしてでしょうか？

やはり当時の、東晋の政治に対する猛烈な不満があったからではないかと思われます。そして、その不満の中心には劉裕《りゅうゆう》がいます。

このころ劉裕《りゅうゆう》は、かつての晋の都、洛陽《らくよう》に向かって進軍していました。当時、中国の西北部、今でいう陝西省《せんせいしょう》のあたりを支配していたのは秦室の末裔を自称する姚興《ようこう》率いる「後秦《こうしん》」でした。しかし、この「後秦」は劉裕《りゅうゆう》によって先ず洛陽を攻め落とされ、翌年（義熙《ぎき》十三年）長安を包囲攻撃され、ついに滅び去ります．

劉裕《りゅうゆう》は、すでに洛陽《らくよう》を占領した時点で、自分が東晋の次の皇帝になる資格ができたと考えていたに違いありません。というより、彼は、自身が皇帝になるため、わざわざ歴代晋王朝の皇帝や皇族の陵墓のある土地の攻略を企図したということが真相でしょう。

こうした劉裕の活躍を目のあたりにして、当時左長史《さちょうし》だった王弘《おうこう》は、安帝に対して、劉裕に「九錫《きゅうしゃくれい》の礼」を授与することを要求します。「九錫の礼」は皇帝が臣下に与える九種の栄典で、これを受けた臣下にとっては最高の栄誉です。

九種の栄典とは、車馬、衣服、楽器、朱戸《しゅこ》（朱塗りの門）、納陛《のうへい》（殿の階段を屋内に設けること）、虎賁《こほん》（儀仗兵）、斧鉞《ふえつ》（黄金の鉞《まさかり》）、弓矢、秬鬯《きゅうしきょちょう》（祭事に用いる酒）のことです。

もちろん東晋の皇帝はおそらく劉裕《りゅうゆう》と意を通じていたはずの王弘の要求を拒否できるはずもあり

ません。「九錫の礼《きゅうしゃくのれい》」を授ける決定を行っていますが、その知らせを受けた劉裕《りゅうゆう》は、これを断ります。自身に野望は一切なく、「謙譲の美徳」を備えた人物であることをアピールするための、「自作自演」の芝居です。

その後、劉裕が「九錫の礼《きゅうしゃくのれい》」を受けるのは四一八年（義熙十四年）のことで、同時に相国《しょうこく》（百官の長・現代の首相）、宋公《そうこう》に任じられています。劉裕はいよいよ晋朝皇帝の排除に動きますが、彼のずる賢いところは、安帝《あんてい》を廃して一挙に自分が皇帝になるのではなく、いったん安帝の弟、司馬《しば》徳文《とくぶん》を皇帝にすえ、恭帝《きょうてい》とする策を弄《ろう》します。

恭帝が皇帝の座にいたのは、わずか半年余りで、翌年（四二〇年）、劉裕《りゅうゆう》が恭帝に禅譲《ぜんじょう》を迫ります。恭帝は劉裕《りゅうゆう》への皇位禅譲の詔書に署名をして名前だけの零陵王《れいりょうおう》となりますが、実際には幽閉され、四二一年（宋の武帝の永初《えいしょ》二年）、劉裕は部下の張禕《ちょうい》に毒酒を持たせて恭帝を殺そうとします。しかし恭帝への忠誠心の篤い張禕《ちょうい》は自らその毒酒を飲んで自死したので、改めて兵に命じて、毒酒を恭帝にすすめます。しかし、自殺を禁ずる仏教に帰依していた恭帝《きょうてい》はこれを拒否すると、劉裕《りゅうゆう》は力ずくで扼殺《やくさつ》します。陶淵明、五十七歳のときのできごとで、ことの顛末《てんまつ》が彼の耳に届くにはそんなに時間はかからなかったと思われます。

◆酒《さけ》を述《の》ぶ

「はじめに」でも書きましたが、陶淵明の詩文で現在に伝わっている作品はおよそ百三十で、最初に紹介した『酒を飲む二十首　その五』のように郊外での「田園生活」をうたった詩は意外に少なく、およそ三十首といわれています。残りの三分の二程度は「詠懐詩《えいかいし》」と呼ばれる、心に思うことをうたった詩です。その中でも、当時の世相を厳しく批判した「刺世詩《しせいし》」(世をそしる詩)が多いことが特徴です。魯迅《ろじん》が「(陶淵明は)政治にも心をとどめていた」と指摘する根拠には、こうした事実があるのです。そうした「刺世詩《しせいし》」の代表作が次の詩です。

詩題は『酒《さけ》を述《の》ぶ』となっていますが、詩中に酒についての記述はどこにもありません。北宋の詩人、蘇軾《そしょく》は陶淵明の詩を愛し、生前、彼の詩のすべてに次韻して詩を作ったことを自ら誇っていますが、実は、その中でたったひとつだけ次韻して詩を作らなかった、というより作れなかった詩が、この『酒《さけ》を述《の》ぶ』です。宋代のこの詩のテキストには「旧注」として、「儀狄造《ぎてきつく》り　杜康之《とこうこれ》を潤色《じゅんしょく》す」の文字があったようです。この注を誰がつけたかは謎ですが、作者の陶淵明自身がつけたことも考えられます。酒は儀狄《ぎてき》がつくり、これを上手に加工したのが杜康《とこう》だということをわざわざ説明して、東晋王朝を乗っ取った二人の人物、つまり桓玄《かんげん》と劉裕《りゅうゆう》の二人を断罪していると考えられます。

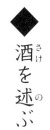

酒《さけ》を述《の》ぶ

重離《ちょうり》　南陸《なんりく》を照《て》らす
鳴鳥《めいちょう》　声相聞《こえあいき》こゆ
秋草《しゅうそう》　未《いま》だ黄《き》ばまずと雖《いえど》も
融風《ゆうふう》　久《ひさ》しく已《すで》に分《き》えぬ
素礫《それき》は修渚《しゅうしょ》に皛《しろ》く
南嶽《なんがく》に余雲無《ようんな》し
豫章《よしょう》　高門《こうもん》に抗《さから》い
重華《ちょうか》は固《た》だ霊墳《れいふん》あるのみ
涙《なみだ》を流《なが》して抱中《ほうちゅう》に歎《なげ》き
耳《みみ》を傾《かたむ》けて司晨《ししん》を聴《き》く
神州嘉粟《しんしゅうかぞく》を献《けん》ず
四霊《しれい》　我《わ》が為《ため》に馴《な》らす
諸梁《しょりょう》　師旅《しりょ》を董《おさ》めて

述酒

重離照南陸
鳴鳥聲相聞
秋草雖未黄
融風久已分
素礫皛修渚
南嶽無餘雲
豫章抗高門
重華固靈墳
流淚抱中歎
傾耳聽司晨
神州獻嘉粟
四靈爲我馴
諸梁董師旅

芈勝《びしょう》　其《そ》の身《み》を喪《ほろ》ぼせり
山陽《さんよう》　下国《かこく》に帰《き》し
名《な》を成《な》して猶《な》お勤《いたわ》らず
卜生《ぼくせい》　善《よ》く斯《ここ》に牧《ぼく》し
安楽《あんらく》　君《きみ》を為《たす》けず
平王《へいおう》は旧京《きゅうきょう》を去《さ》り
峡中《きょうちゅう》に遺薫《いくん》を納《い》る
双陽《そうよう》　甫《はじ》めて云《ここ》に育《こをう》み
三趾《さんし》　奇文《きぶん》を顕《あら》わす
王子《おうし》は清吹《せいすい》を愛《あい》し
日中《にっちゅう》は河汾《かふん》を翔《か》けぬ
朱公《しゅこう》は九歯《きゅうし》を練《ね》り
閑居《かんきょ》して世紛《せふん》を離《はな》れる
峨《が》峨《が》たる西嶺《せいれい》の内《うち》
偃息《えんそく》　常《つね》に親《した》しむ所《ところ》なり

芈勝喪其身
山陽歸下國
成名猶不勤
卜生善斯牧
安樂不爲君
平王去舊京
峡中納遺薫
雙陽甫云育
三趾顯奇文
王子愛清吹
日中翔河汾
朱公練九齒
閑居離世紛
峨峨西嶺内
偃息常所親

天容《てんよう》　自《おの》ずから永しえに固《かた》く
彭殤《ほうしょう》　倫《りん》を等《ひと》しうするものに非《あら》ず

天容自永固
彭殤非等倫

以上が詩のすべてですが、通読すると難解な詩であることがわかります。

そこで現代語訳を紹介する前に、理解しておくべき詩中のキーワードについて検討しておきます。

なお、検討にさいして、『陶淵明全集（上）松枝茂夫・和田武司訳注』（岩波文庫一九九〇年刊）を参考にしたことを記しておきます。

○「重離《ちょうり》」、離は日に通じ、重離を重日と考えると日を重ねた昌の字となり、東晋の孝武帝《こうぶてい》の幼名、昌明《しょうめい》を指すと考えられる。
○「豫章《よしょう》」、東晋の郡の名、桓玄と劉裕は豫章郡公《よしょうぐん》に任じられたことがある。
○「重華《ちょうか》」は、古代の帝王虞舜《ぐしゅん》の名、死後零陵《れいりょう》に埋葬されたといわれることから、零陵王となった恭帝《きょうてい》を指すと考えられる。
○「諸梁《しょりょう》」、春秋時代の楚《そ》の貴族、沈諸梁《しんしょりょう》を指す。
○「芉勝《びしょう》」、楚の平王の孫。クーデターを起こし、楚の王位を簒奪するが、沈諸梁《しんしょりょう》によって一カ月で鎮圧される。「芊勝《びしょう》」を桓玄に、「諸梁《しょりょう》」を劉裕になぞらえていると考えられる。
○「山陽《さんよう》」、後漢の最後の皇帝献帝《けんてい》は魏王曹丕《そうひ》によって廃位に追い込まれ、山陽公に貶《おとし》められた。
○「卜生《ぼくせい》」、羊飼いであった卜式《ぼくしき》は漢の武帝に見いだされ立派な政治をおこなった。
○「安楽《あんらく》」、漢王劉賀《りゅうが》の側近でありながら、劉賀を十分補佐しなかったため劉賀が帝位にいたのはわずか二十七日だった。
○「平王《へいおう》」、周の平王は鎬京《こうけい》(今の西安)から洛邑《らくゆう》(今の洛陽)に遷都した。
○「双陽《そうよう》」、重日と同じで、孝武帝《こうぶてい》を指す。
○「王子《おうし》」、王子晋《おうししん》を指し、東晋のことである。
○「朱公《しゅこう》」、越王勾践《こうせん》の忠臣、范蠡《はんれい》が宿敵の呉を破った後陶朱公《とうしゅこう》と名を変えた。陶淵明自身のことを暗喩している。
○「天容《てんよう》」、天人の容貌のこと。周王朝に仕えなかった伯夷《はくい》と叔斉《しゅくせい》をさす。
○「彭殤《ほうしょう》」、「彭《ほう》」は八百歳まで生きたといわれる伝説上の人物である彭祖《ほうそ》のこと。「殤《しょう》」は若くして死んだ子どものこと。

かつて中国の南（東晋王朝の版図）には太陽が照りかがやき
鳥の鳴き声がさかんに聞こえていた
秋の草花の葉はまだ黄ばんではいないが
春に吹くあたたかい風は　すでに止んでしまった
長江の洲の石は白く
南嶽《なんがく》（五山のひとつの衡山《こうざん》）にたなびいていた紫雲は消えてしまった
豫章《よしょう》出身の人物（桓玄と劉裕）は皇帝に抵抗するようになった
古代の虞舜《ぐしゅん》（恭帝）にはただ墳墓が残っているだけだ
こうした状況に涙があふれ
眠れないまま朝のおとずれを告げる雄鶏の声をきいた
中国でとれためでたい穀物が朝廷に献じられ
四種の吉兆をしめす鳥や獣が飼いならされた
楚の沈諸梁《しんしょりょう》が軍事の大権をにぎると
羋勝《びしょう》が亡びることとなった
後漢の献帝《けんてい》は山陽公におとされたが

あらたに天子になった人物（劉裕）は先帝に対してひどいあつかいをした
羊飼いだった卜式《ぼくしき》は　善政をほどこしたが
劉賀《りゅうが》を扶《たす》けるはずの安楽《あんらく》は　君主をじゅうぶん補佐しなかった
周の平王《へいおう》は遷都をしたが
越の王子捜《そう》は谷間の洞穴から燻し出された
昌明《しょうめい》（孝武帝《こうぶてい》）に後継ぎが生まれた
三本足の鳥があらわれて　奇妙な予言をおこなった
王子晋《おうししん》は笙《しょう》が得意だったが
鶴にのって黄河と汾河《ふんが》の上を飛び回った
陶朱公《とうしゅこう》は不老長寿の術を取得して
隠棲して俗世間からはなれて暮らした
高く険しい西山のもとで
病床にある私は西山を眺めてすごしている
伯夷《はくい》　叔斉《しゅくせい》の二人の覚悟はとこしえに変わらず
長生きの彭祖《ほうそ》と生まれてすぐに死んだ子どもとでは同列に論じられない

あらためて、この詩を熟読すると、詩の寓意《ぐうい》は、扼殺された東晋最後の皇帝である恭帝《きょうてい》を悼み、恭帝を死に追い込んだ劉裕《りゅうゆう》に対する憎しみを表していることがわかります。のちに『陶靖節先生詩注』を著した南宋の湯漢《とうかん》も、とくにこの詩の注にそう書いています。

また、魯迅《ろじん》が『魏・晋の気風および、文章と酒・薬との関係』と題する講演の中で述べた陶淵明が「政治への関心を持ち続けた」との発言の証拠のひとつがこの詩であることも明らかになっています。

この詩は陶淵明五十七歳ころの作とされていますが、「峨峨《がが》たる西嶺《せいれい》の内《うち》　偃息《えんそく》常《つね》に親《した》しむ所《ところ》」として自身がすでにこのころ病床に臥していることを詩中で明らかにしています。「偃息《えんそく》」とは、病床にあって起きあがれない状態を指します。

陶淵明は、六十三歳でこの世を去りますが、五十歳を過ぎると、当時の農民がそうであったように、それまでの過酷な労働によって身体はぼろぼろになっていた事実があります。四一五年（安帝《あんてい》の義熙《ぎき》十一年）、陶淵明は五十一歳のときに当時流行したマラリアに罹患したこともわかっています。五十代の陶淵明は健康面、あるいは経済面でも多くの困難に遇い、決して安穏とした田園生活ではなかったことは胸に刻んでおく必要があると思われます。

なお、陶淵明が最後まで憎しみの対象とした劉裕《りゅうゆう》に関しては、さほど暴虐な漢《おとこ》ではなく、前述したように孫恩《そんおん》軍の鎮圧のさいにも、劉裕麾下の軍隊のみは、劉裕の略奪や暴行を禁じる軍紀がゆきわたり、占領地の庶民に対して残虐行為は行われなかったとの記録もあり、また、梁《りょう》の沈約《しんやく》の『宋書《そうじょ》』では、劉裕の人気の秘密は、彼の親分肌の性格であり、彼のためなら死を賭してまで忠誠を誓った部下が大勢いた、とも書かれています。

また、「劉裕《りゅうゆう》というと、彼が己を持することきわめて厳しく、質実を旨とする人間であったことを伝える逸話が、数限りなく残されている。王朝の財政が元嘉時代に安定を持続した原因の一つに、彼のこのような個人的資質を数えてもあながち誤りではあるまい」(『劉裕《りゅうゆう》』吉川忠夫著、「沈約独語」より)との指摘もあります。

もっとも沈約の一族は、現在の浙江省湖州市に住み着いた地方の名家で、道教の信者であったため、孫温の反乱に巻き込まれ、沈約の曽祖父に当たる穆夫《ぼくふ》は、孫温軍の将軍として東晋軍に敵対し、戦場であえない最期を遂げます。身を隠した沈家の一族は、遠縁にあたる沈預《しんよ》の密告によって、捕らえられてしまいますが、沈約の祖父の林子《りんし》はからくも脱出して、東晋軍の中でも、占領地の住民に乱暴狼藉を働かなかった劉裕軍に投降して、劉裕にことの顛末を話すと劉裕は寛大な措置をとって林子を許し、宋軍の幕僚として迎えた経緯があります。

林子の子、つまり沈約の父も文官として宋朝に仕えましたから、沈約は劉裕と宋朝に恩義を感じていた事実があります。その分を差し引いて劉裕の評価をしなければならないと思います。

劉裕については陶淵明の厳しい評価が大きな影響力を後世に残していますから、劉裕を肯定的に評価する書籍の類いは、私の知る限りあまり多くはありません。私が、参考にした『江南の英雄宋の武帝　劉裕』（吉川忠夫著、法蔵館文庫）は、その意味では貴重な書物です。その「あとがき」の中で、清末から中華民国の政治家でもあり、学者でもあった章炳麟《しょうへいりん》が、もっとも尊敬に値する歴史上の人物として、南宋の愛国者である岳飛《がくひ》と並んで劉裕をあげていることを知りました。

乱世とはいえ、何の後ろ盾も持たずに、自分ひとりの才覚で、新しい王朝を起こし、皇帝にまで上り詰めた劉裕には、それなりの人間的な魅力があったことは確かでしょう。

第五章　陶淵明と酒

◆我《わ》れ酔《よ》うて眠《ねむ》らんと欲《ほっ》す　卿《きみ》去《さ》る可《べ》し

古来、中国では酒は祭祀《さいし》のさいに神への捧げものとして用いられましたが、その後、人間が健康増進のために飲むようになりました。「酒《さけ》は百薬《ひゃくやく》の長《ちょう》」とは『漢書《かんじょ》』「食貨志《しょくかし》」に出てくる有名な言葉で、現在では酒好きが毎晩酒を飲む際の言い訳の台詞《せりふ》になっているようですが、古代においては、酒は薬の一種と考えられ、人々は健康に一番いい薬は酒だと思っていたのです。

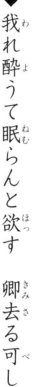

もちろん、古代から酒は亡国のもととして、その害を危ぶんだ人物もいます。酒は夏の禹王朝《かう》の儀狄《ぎてき》が造り、これを禹王に献じると、王はその旨さに驚き、同時に発した言葉が「後世《こうせい》必《かなら》ず酒《さけ》を以《もっ》て国《くに》を亡《ほろ》ぼす者《もの》有《あ》り」だったとされています。また、『短歌行』の中で、「酒《さけ》に対して当《まさ》に歌うべし　人生幾何《いくばく》ぞ」とうたっている曹操《そうそう》は度々禁酒令を出しています。酒は成人に害を与えるというのが表向きの理由でしたが、実際は酒造りに米が消費されることから兵糧米の不足を懸念しての事であったと言われています。

古代の酒の製造法は、糯米《もちごめ》や粳米《うるちまい》が自然発酵したものでしたが、今からおよそ三千年前、周《しゅう》の時代、杜康《とこう》によって、酒麹《さけこうじ》を入れて発酵をうながす手法が始まったといわれています。いわゆる「杜康造酒《とこうぞうしゅ》」の伝説で、今でも酒造りの職人を杜氏《とじ》と呼ぶのはこの杜康《とこう》にちなんでのことです。現代に伝わる中国の酒は大きく分けて「黄酒《ホアンジュウ》」と「白酒《バイジュウ》」があり、それぞれ醸造酒《じょうぞうしゅ》、蒸留酒《じょうりゅうしゅ》の一種ですが、「白酒《バイジュウ》」は元《げん》（十三世紀後半〜十四世紀後半）の時代に作られたとされ、「黄酒《ホアンジュウ》」の歴史がはるかに古く、陶淵明が飲んだのも現代の紹興酒《しょうこうしゅ》などにつながる「黄酒《ホアンジュウ》」だと思われます。古代の製法では、現在の酒のように澄んだ酒にはならずに、濁《にご》り酒でした。

私は令和の大嘗祭《だいじょうさい》に参列する機会に恵まれましたが、祭事が終わったのちの直会《なおらい》でふるまわれた酒が、古来の製法でつくられた濁《にご》り酒です。この日供された酒は「白酒《しろざけ》」と「黒酒《くろざけ》」で、「白酒」は水を少なくした濃厚甘口の酒で、「黒酒」は久佐木《くさぎ》の灰を加えて醸造したと説明を受けました。なお、濁り酒を飲むさいの盃は、磁器ではなく素焼きの陶器を用いるほうが古式に則るとのことで、この日の直来も素焼きの盃が用意されていました。

中国の詩人と酒は切り離せない関係です。中でも酒を愛した詩人の双璧は何といっても陶淵明と李白《りはく》でしょう。ただし両名の酒の飲み方は大きく異なります。李白の酒の飲み方は豪放磊落《ごうほうらいらく》、杜甫《とほ》の『飲中八仙歌《いんちゅうはっせんか》』にあるように、酒を飲みだしたら天子の呼び出しがあっても気にせず飲み続けた逸話の持ち主です。一方、陶淵明の飲み方は、俗にいう「一緒に飲んで楽しい酒」で、飲んでも決して乱れることがなく、酔っても平静さを失うことはありません。本書の冒頭に紹介した自叙伝ともいえる『五柳先生伝《ごりゅうせんせいでん》』で自らの酒の飲み方を明かしている部分があるので再掲します。

性酒《せいさけ》を嗜《たしな》むも　家貧《いえひん》にして常《つね》には得《う》ること能《あた》わず
親旧《しんきゅう》　其《そ》の此《かく》の如《ごと》くなるを知《し》り
或《ある》いは置酒《ちしゅ》して之《これ》を招《まね》く
造《いた》れば飲《の》みて輒《すなわ》ち尽《つ》くし
期《き》すること必《かなら》ず酔《よ》う在《あ》り
既《すで》に酔《よ》いて退《しりぞ》き　曽《かつ》て情《じょう》を去留《きょりゅう》に吝《おし》まず

性嗜酒　家貧不能常得
親舊知其如此
或置酒而招之
造飲輒盡
期在必醉
既醉而退　曾不吝情去留

たしかに店で飲んでいても、他人の家に招かれて飲んでも、一番嫌われるのが、酔ってぐだぐだと愚痴をこぼし、長居する酒飲みです。酔ったらさっさと席を立ち、家に帰る。これが酒飲みとして他人に嫌われない要諦です。前に陶淵明は曽祖父の陶侃《とうかん》の気質を受け継いでいると書きましたが、特に酒の飲み方に類似性を見ることができます。陶淵明も陶侃も酒に飲まれることはなく、節度のある飲み方をしていました。ただし、酒好きの程度は、もちろん陶淵明のほうがはるかに上回っていたはずです。陶淵明が酔っていつも寝ころんでいたといわれる「酔石《すいせき》」が今でも名所旧跡となって残っているくらいですから、酒を飲めば酔ってあたりかまわず寝てしまうこともあったでしよう。しかし、泥酔して他人に迷惑をかけることはなかったようです。

若いころ陶淵明と交流があった顔延之《がんえんし》は、陶淵明の死後、彼を偲んで作った『陶徴士誄《とうちょうしるい》』の中で「(陶淵明は)性酒徳《せいしゅとく》を楽《たの》しみ煩促《わずらわ》しきを簡《えら》び棄《す》つ」と書いています。上司との酒席などでは、早く帰りたいと思っても、なかなかそうはいきません。陶淵明のような自由人は、まさに「煩促《わずらわ》しきを簡《えら》び棄《す》つ」、酒を楽しむことができたのでしょう。

顔延之自身は酒を飲んでは他人を攻撃したとの評判もあり、酒癖が悪かったとの説がありますが、そうした反省もあってか、陶淵明のさっぱりとした酒の飲み方に感服していたのだろうと思われます。

また、陶淵明と顔延之《がんえんし》の交流について、後の時代の梁《りょう》の蕭統《しょうとう》はその著『陶淵明伝』の中で次のように述べています。

是《これ》より先《さき》　顔延之《がんえんし》は劉柳《りゅうりゅう》の後軍功曹《こうぐんこうそう》為《た》り
潯陽《じんよう》に在《あ》りて淵明《えんめい》と情款《じょうあつ》し
後《のち》　始安郡《しあんぐん》と為《な》り

先是顔延之爲劉柳後軍功曹
在潯陽與淵明情款
後爲始安郡

潯陽《じんよう》を経過《けいか》するや　日々《ひび》淵明《えんめい》に造《いた》りて飲《の》む
往《ゆ》く毎《ごと》に必《かなら》ず酣飲《かんいん》して酔《すい》を致《いた》す
弘《こう》　延之《えんし》の坐《ざ》に邀《むか》えられんと欲《ほっ》す
日《ひ》彌《わたる》も得《え》ず
延之《えんし》去《さ》るに臨《のぞ》みて　二万銭《にまんせん》を留《とど》めて淵明《えんめい》に与《あた》える
淵明《えんめい》悉《ことごと》く酒家《しゅか》に遣送《けんそう》し　稍《や》や就《つ》きて酒《さけ》を取《と》る
嘗《かつ》て九月九日《くがつくにち》酒《さけ》無《な》し
出《い》でて宅辺《たくへん》の菊叢《きくそう》の中《なか》に坐《ざ》し
これを久《ひさ》しうして　満手《まんしゅ》に菊《きく》を把《と》る
忽《たちま》ち弘《こう》の酒《さけ》を送《おく》るに至《いた》るに値《あ》い
即《ただ》ちに便《すなわ》ち就《つ》きて酌《く》み　酔《よ》うて帰《かえ》る
淵明《えんめい》音律《おんりつ》を解《かい》せず
而《しか》れど無弦《むげん》琴《きん》一張《いっちょう》を蓄《たくわ》え
酔《よ》うに適《てき》する毎《ごと》に　輒《すなわ》ち撫弄《ぶろう》して其《そ》の意《い》を寄《よ》す
貴賤《きせん》の之《これ》に造《いた》れる者《もの》には　酒《さけ》有《あ》れば輒《すなわ》ち設《もう》く

經過潯陽　日造淵明飲焉
毎往必酣飲致酔
弘欲邀延之坐
彌日不得
延之臨去　留二万錢與淵明
淵明悉遣送酒家　稍就取酒
嘗九月九日無酒
出宅邊菊叢中坐
久之　滿手把菊
忽値弘送酒至
卽便就酌　酔而歸
淵明不解音律
而蓄無弦琴一張
毎酔適　輒撫弄以寄其意
貴賤造之者　有酒輒設

淵明《えんめい》若《も》し先《さき》に酔《よ》えば　便《すなわ》ち客《きゃく》に語《つ》ぐ
我《わ》れ酔《よ》うて眠《ねむ》らんと欲《ほっ》す　卿《きみ》去《さ》るべし
其《そ》の真率《しんそつ》なること此《かく》の如《ごと》し
郡将嘗《ぐんしょうかつ》て之《これ》を候《うかが》うに　其《そ》の醸《じょう》の熟《じゅく》するに値《あ》うや
頭上《ずじょう》の葛巾《かっきん》を取《と》りて酒《さけ》を漉《こ》し
漉《こ》し畢《おわ》るや　還《ま》た復《ふたた》び之《これ》れを著《つ》く

淵明若先酔　便語客
我酔欲眠　卿可去
其真率如此
郡将嘗候之　値其醸熟
取頭上葛巾漉酒
漉畢　還復著之

以前　顔延之が劉柳《りゅうりゅう》の後軍功曹《こうぐんこうそう》だったとき
潯陽《じんよう》で陶淵明と深い交流を結んだ　そののち始安郡《しあんぐん》の太守となって
潯陽に立ち寄った際は　毎日　陶淵明のもとに通って酒を飲んでいた
陶淵明をおとずれるたびに必ず一緒に楽しい酒を飲んで酔っていた
王弘《おうこう》は顔延之の酒席に加えてもらおうとしたが
何日たっても願いは叶わなかった
顔延之は陶淵明と別れるさいに　二万銭を陶淵明に与えた

陶淵明は　その金をすべて酒屋に渡し　そこから酒代を払うようにした
またある年の重陽《ちょうよう》の節句《せっく》の日にたまたま酒がなかった
そこで陶淵明は家を出て　近くの菊の咲き乱れた草むらの中に座って
両手に一杯菊の花を摘んでいた
そこへちょうど　王弘から酒が届いたので
ただちにその場で酒を飲み始め　酔っぱらって家に帰った
陶淵明は楽器を弾けなかった　しかしいつも弦のない琴《きん》を抱えていた
酔っていい気持ちになると　その琴《きん》を撫《な》でて自分の気持ちをあらわしていた
富める人も貧しい人も　自分をたずねてくる人には　酒があれば一席設《もう》けていた
そして陶淵明は自分が先に酔っぱらってしまえば　客に対してこういった
「自分はもうすっかり酔って眠くなったから　君はこの場を去れ」と
その率直さは彼ならではのものだ
郡の将軍が陶淵明をたずねたら　醸《かも》していた酒がちょうど出来上がったところだった
陶淵明はかぶっていた頭巾《ずきん》を脱ぎ　それで酒を漉《こ》し　漉《こ》しおわったらまたその頭

巾をかぶっていた

陶淵明と顔延之《がんえんし》の楽しい酒盛りの情景が目に浮かぶようです。「酣飲《かんいん》」とは大いに楽しく酒を飲むことです。顔延之《がんえんし》が贈った二万銭が当時どのくらいの価値があったかわかりませんが、それなりの金額であったのでしょう。しかもこの時期、陶淵明は経済的にかなり厳しい状況にあったことがわかっています。そんなとき二万銭をそっくりそのまま酒店に預けて、今後は、これで飲ませてくれ、というあたりは酒好きの陶淵明の面目躍如の光景です。また、楽しい酒を飲みながら突然、「自分は酔っぱらって眠くなったから、君はもう帰れ」と客にいい放す態度も、誰にもこびへつらわずに生きる陶淵明の姿を象徴しています。

後の時代の李白《りはく》は、明らかに、この『陶淵明伝』を読み、陶淵明が酔って客に、「もう帰れ」といったエピソードを知っていて、次の詩を作ったと思われます。

山中《さんちゅう》にて幽人《ゆうにん》と対酌《たいしゃく》す　李白

山中與幽人対酌　李白

両人《りょうにん》　対酌《たいしゃく》すれば山花開《さんかひら》く
一杯一杯《いっぱいいっぱい》　復《ま》た一杯《いっぱい》
我《われ》　酔《よ》うて眠《ねむ》らんと欲《ほっ》す　卿《きみ》は且《しばら》く去《さ》れ
明朝《みょうちょう》　意有《いあ》らば　琴《きん》を抱《いだ》いて来《き》たれ

両人対酌山花開
一杯一杯復一杯
我酔欲眠卿且去
明朝有意抱琴來

詩題になっている幽人《ゆうにん》とは山の中に住む隠者のことで、李白《りはく》は、自分を隠者に見立てているのでしょう。おそらく実際に経験した情景をうたったのではなく、陶淵明のこのエピソードを借りて自分の作品にしようと考え、この七言絶句を生み出したものと思います。李白《りはく》は、同じ酒好きとして陶淵明のこのエピソードがいたく気に入っていたのでしょう。

詩中の「一杯一杯　復《ま》た一杯」は巧《たく》まざる表現で、凡人が頭をひねって生み出されるものとは思えません。こうした表現がさらりと出るところが李白の「詩仙《しせん》」たる所以《ゆえん》です。

「一杯一杯復一杯」は、私が飲み屋で揮毫を頼まれたときに何度か書いたことがある便利な句です。「復」の字は、反復するの意味で何杯も盃を重ねたことがわかります。「又」の字も、ある動作や状態が相次いで発生することですから、「又」の字を使うこともできます。

◆劉裕《りゅうゆう》の側近との酒の交流

顔延之《がんえんし》は陶淵明とは二十歳離れていたと記録にあります。ちょうどこの頃、江州刺史《こうしゅうしし》だった劉柳《りゅうりゅう》の後軍功曹《こうぐんこうそう》（軍隊の文書係）をつとめていて、尋陽《じんよう》に住む陶淵明のもとに足しげく通うことが可能であったと思います。顔延之《がんえんし》は、三十歳になっても独身だったため、劉裕《りゅうゆう》の側近の劉穆之《りゅうぼくし》が劉裕《りゅうゆう》に紹介し、安定した職につけようと申し出ましたが、これを断っています。しかし、のちに、劉裕《りゅうゆう》の第二子の劉義真《りゅうぎしん》は、彼を厚遇し、顔延之《がんえんし》は七十三歳まで長生きしました。文中にでてくる王弘《おうこう》も時の権力者劉裕《りゅうゆう》の信頼の厚い側近でしたから、彼に取り入れば、出世の道も開けたのでしょうが、陶淵明が劉裕を疎《うと》んじていることを知っていたからでしょう。王弘の陶淵明との酒席に自分を呼んでくれとの要求を断っていることもこの文章からわかります。

早逝した中国文学者の高橋和巳《たかはしかずみ》氏は、『六朝文学論』の中で、「彼（顔延之）は隠遁者の生き方に対する観念的な共感が青年の頃からずっと流れていた」、「だが、文学をも含めた実際の行動は、彼の観念には全的には沿わず」と記しています。

陶淵明の周辺には、現実には官職にありながら、隠遁者に共感をいだく人々が多数集まっていたことがわかります。

しかし、王弘《おうこう》との関係にもその後、変化が生じます。『陶淵明伝』の記述でも、後段で「忽《たちま》ち弘《こう》の酒《さけ》を送《おく》るに至《いた》るに値《あ》い　即《ただ》ちに便《すなわ》ち就《つ》きて酌《く》み」とあります。「即」は、ここでは「ただちに」と訓読しましたが、「間を置かず、すぐに」の意味があり、また「便」も「就」も「とどこおらずに」「すぐに」の意味があるので、迷うことなく、その酒に口をつけたのです。

「渇《かっ》しても盗泉《とうせん》の水《みず》を飲《の》まず」という言葉があります。いくら喉《のど》が渇いていても、やましい水には口をつけないとの意味ですが、陶淵明は、いくら酒好きで、喉から手が出るほど飲みたくても、筋の通らない酒には口をつけなかったはずです。それが迷うことなく、王弘《おうこう》から送られた酒をいそと飲んだということは、二人の関係が以前とは違い、好転したことがわかります。二人が親密になった背景には蕭統《しょうとう》の『陶淵明伝』によると次のような逸話が伝わっています。

王弘《おうこう》は四一八年（安帝の義熙《ぎき》十四年）、江州《こうしゅう》の刺史《しし》（監察官、後の長官）になって、陶淵明と親交を深めたいとの希望をもち、顔延之《がんえんし》との宴席に自分も誘ってほしいと依頼していました。また、劉裕《りゅうゆう》の意を受けて陶淵明に著作郎《ちょさくろう》への就任も依頼していました。著作郎は実際に行う仕事は無く、役所に対して意見をいう、御意見番のような仕事でしたが、陶淵明の意思は固く、これを辞退していました。

そこで王弘《おうこう》は陶淵明とかねてから昵懇《じっこん》の龐通之《ほうつうし》に命じて、陶淵明が廬山《ろざん》を訪れた帰り路のちょうど半ばの栗里《りつり》に、酒席を設けて、そこで龐通之《ほうつうし》が陶淵明の帰りを待つ場面をしつらえさせました。この龐通之《ほうつうし》は、陶淵明が五十四歳のときに作った詩『怨詩楚調《えんしそちょう》　龐主簿鄧治中《ほうしゅぼとうちちゅう》に示《しめ》す』の龐主簿《ほうしゅぼ》その人です。

このころ陶淵明は脚が悪く、書生一人と二人の息子に担がせた籠に乗っていましたが、帰路の途中に顔見知りの龐通之《ほうつうし》が出迎えているのを見て、籠をおり、勧められるまま席に着いて酒を酌み交わすことになりました。頃合いを見て龐通之《ほうつうし》は「実は王弘殿が来ているのだが……」と切り出しました。陶淵明も酒が入って、心が大らかになったのでしょう。王弘《おうこう》との同席を拒まず、二人で楽しく飲んだそうです。それ以来、王弘《おうこう》は、頻繁に陶淵明をたずね、酒や肴《さかな》を送るなどして、交流を深めたのです。

王弘《おうこう》は劉裕《りゅうゆう》の側近ですからこれまでかたくなに面会を拒んできたのですが、友人の龐通之《ほうつうし》の顔を立てて一緒に酒を酌み交わしたところ、それほど悪人ではなく、気のいいところもあって、付き合うことになりました。このことは陶淵明の劉裕《りゅうゆう》に対する見方の変化を示すのか、それとも劉裕《りゅうゆう》と王《おう》弘《こう》は別人格と割り切って王弘《おうこう》と交流を始めたのか、劉裕《りゅうゆう》に対する怒りはとけていなかったと見るのが妥当でしょう。

陶淵明の酒に関する詩を挙げるとすれば、やはり真っ先に思いつくのは『酒《さけ》を飲《の》む　二十首』でしょう。

『酒を飲む（飲酒《いんしゅ》）』とありますから、酒をテーマにした詩ばかりだと思う読者がいるかもしれませんが、本書の最初に紹介した『酒《さけ》を飲《の》む　二十首　その五』のように直接、酒には触れていない詩もあります。『酒を飲む　二十首』の一つひとつを調べると、酒に言及しているのはその一、その三、その七、その八、その九、その十三、その十四、その十八、その十九、その二十の十首で残りの十首は酒には直接触れた詩ではありません。しかし、その「序《じょ》」にも書かれているように、酒を飲んで思索を巡らす中で、心に映った心象風景を表現したものです。残念ながらここで二十首全てを紹介する紙幅はなく、以下に数首を選ぶことになりますが、その前に詩に添えられた「序《じょ》」を読むことにします。陶淵明の酒との付き合い方がよくわかります。

余《われ》　閑居《かんきょ》して歓《よろこ》び寡《すくな》く　兼《か》ねて此夜已《このごろよるすで》に長《なが》し
偶々名酒有《たまたまめいしゅあ》り　夕《ゆう》べとして飲《の》まざる無《な》し
影《かげ》を顧《かえり》みて独《ひと》り尽《つ》くし　忽焉《こつえん》として復《ま》た酔《よ》う
既《すで》に酔《よ》うの後《のち》は　輒《すなわ》ち数句《すうく》を題《だい》して自《みずか》ら娯《たの》しむ

余閑居寡歡　兼此夜已長
偶有名酒　無夕不飲
顧影獨盡　忽焉復醉
既醉之後　輒題數句自娯

紙墨《しぼく》遂《つい》に多《おお》く　辞《ことば》に詮次《せんじ》無《な》し
聊《いささ》か故人《こじん》に命《めい》じて之《こ》れを書《しょ》せしめ
以《もっ》て歓笑《かんしょう》と為《な》さん爾《のみ》

紙墨遂多　辭無詮次
聊命故人書之
以爲歡笑爾

私は暇を持て余し楽しいこともほとんどないのに　このところ夜も長くなってきた
そこでたまたまよい酒が手に入ったので　毎夕飲んでいる
影を相手に独りで飲むと　酔いが回るのが早い
酔っぱらったのちには　詩をいくつかつくり一人で楽しんでいる
書き散らかしたものが多くあるが　言葉がよく練られていない
ここに友人にお願いして書き写してもらったので　ご笑読ください

二十首集められた詩は陶淵明が彭沢県令《ほうたくけんれい》となる直前かあるいは県令を辞した直後の三〜四十代の作品か、五十代に入ってからの作か、諸説あることは前述した通りです。いずれにしろ詩が二十首あるので、ある程度の期間にわたって作った詩に『酒を飲む』と題をつけてまとめたものであることがわかります。

私がこの序文で注目したのは、「影《かげ》を顧《かえり》みて独《ひと》り尽《つ》くし」のくだりです。その解説をする前にまずは、唐の李白《りはく》の詩で有名な『月下《げっか》の独酌《どくしゃく》』を読んでみます。

月下《げっか》の独酌《どくしゃく》　李白

花間《かかん》一壺《いっこ》の酒《さけ》
独酌《どくしゃく》相親《あいした》しむ無《な》し
杯《さかずき》を挙《あ》げ明月《めいげつ》を邀《むか》え
影《かげ》に対《たい》し三人《さんにん》を成《な》す
月既《つきすで》に飲《いん》を解《かい》せず
影徒《かげいたずら》に我《わ》が身《み》に随《したが》う
暫《しばら》く月《つき》と影《かげ》とを伴《ともの》うて

月下獨酌　李白

花間一壺酒
獨酌無相親
擧杯邀明月
對影成三人
月既不解飲
影徒随我身
暫伴月將影

行楽《こうらく》須《すべか》らく春《はる》に及《およ》ぶべし
我歌《われうた》えば月徘徊《つきはいかい》し
我舞《われま》えば影凌乱《かげりょうらん》す
醒《さ》むる時《とき》には同《とも》に交歓《こうかん》し
酔《よ》いて後《のち》は各《おの》おの分散《ぶんさん》す
永《なが》く無情《むじょう》の遊《ゆう》を結《むす》び
相期《あいき》す雲漢《うんかん》の邈《はるか》なるに

行樂須及春
我歌月徘徊
我舞影凌亂
醒時同交歡
醉後各分散
永結無情遊
相期邈雲漢

花のなかで酒の壺をかかえて
一緒に飲む相手もいないので一人で酒を飲む
杯を挙げて明月を迎え入れて
月と影と自分で三人になった
しかし月はもともと酒飲みの気持ちを理解しない
影はただ私の動きに従うだけだ

まあそれも仕方ないことで　しばらくこの三人で酒を飲もう
こうやって楽しみを味わえるのも春の宵にかぎる
私が歌えば月はさまよい
私が舞えば影も踊りだす
醒めているときは月と影と私は仲良くやっているが
酔っぱらってしまえば各々散ってしまう
永久にしがらみのない交流を続け
今度は天の川のかなたでまた飲みましょう

李白《りはく》は陶淵明の『酒を飲む』の詩を読みこんでいたと思われますが、李白の詩作の巧みさは、たった一人の自分と、影と、月の三者で酒を飲んだとうたったところに表れています。しかし、一人寂しく飲んだ酒を、自分の影を相手に二人で飲んだとの独創的な表現を生み出したのは陶淵明です。

陶淵明以前の詩人や文人が酒を飲んで詩を作る場合は、そのほとんどは、友人や知人とともに酒を飲み、興じて詩を賦すといった「酒」と「友」と「詩」が三位一体《さんみいったい》となっていたと考えられます。

もちろん、いつの時代にも一人で酒を飲んだ人はいたでしょう。特に、最近はコロナ禍で友人、知人と酒を酌み交わすことができずに、一人酒の人が増えているようです。しかし、一人酒は深酒になる可能性があります。私も七十歳を過ぎて、これまでの人生で人並みに酒を飲んできたと思いますが、一人で飲んだことはほんの数えるほどしかありません。一人で飲むと、どうしても酒量が多くなり、最後は酔っぱらって寝込んでしまうのがおちです。凡人の一人酒《ひとりざけ》の好例です。しかし陶淵明の場合は、一人で酒を飲んでも、凡人の一人酒《ひとりざけ》と異なって、泥酔することは少なかったようです。それは、酒を飲む目的は、酒を飲んで得られる独特の境地を楽しみ、そこで研ぎ澄まされた感性で、心に浮かんだ風景を詩にすることにあったからではないでしょうか。

序にある「影《かげ》を顧《かえり》みて独《ひと》り尽《つ》くし　忽焉《こつえん》として復《ま》た酔《よ》う」の「忽焉《こつえん》」は、飲めばたちまち、すぐに酔うとの意味です。そして「既《すで》に酔《よ》うの後《のち》は　輒《すなわ》ち数句《すうく》を題《だい》して自《みずか》ら娯《たの》しむ」、酔った後はすぐに詩作に耽《ふけ》ります。

『酒を飲む』と題する二十首の詩も、酒そのものに触れる必要はないのです。酒を飲んで、酔って得られた境地が大切なのです。陶淵明が酒に酔った状態は「半醒半酔《はんせいはんすい》」の状態であったのでしょう。「半醒半酔《はんせいはんすい》」の境地に達すれば、人は普段、醒《さ》めた状況では目に入らなかったものが見えてくるのです。醒めているときには見えないものを見るために酔うのが陶淵明の酒の飲み方です。

◆一人酒の心境を詠《うた》う

ここで『酒を飲む　二十首』のうち、一人酒《ひとりざけ》の思いをしみじみとうたった詩を紹介しましょう。

酒《さけ》を飲《の》む　二十首《しゅ》　その七

秋菊佳色《しゅうぎくかしょく》有《あ》り
露《つゆ》を裛《まと》いて其《そ》の英《はなぶさ》を掇《と》る
此《こ》の忘憂《ぼうゆう》の物《もの》に汎《うか》べて
我《わ》が世《よ》を遺《わす》るるの情《じょう》を遠《とお》くす
一觴《いっしょう》独《ひと》り進《すす》むと雖《いえど》も
杯《はい》尽《つ》きて壺《つぼ》自《おのず》から傾《かたむ》く
日《ひ》入《い》りて群動《ぐんどう》息《や》み
帰鳥《きちょう》林《はやし》に趨《おもむ》いて鳴《な》く

飲酒　二十首　其七

秋菊有佳色
裛露掇其英
汎此忘憂物
遠我遺世情
一觴雖獨進
杯盡壺自傾
日入羣動息
歸鳥趨林鳴

嘯傲東軒下
聊復得此生

嘯傲《しょうごう》す　東軒《とうけん》の下《もと》
聊《いささ》か復《ま》た此《こ》の生《せい》を得《え》たり

秋の菊がみごとに咲いた
露にぬれたその花を手にとってみる
花びらを酒に浮かべて飲めば
私が俗世間を忌み嫌う気持ちなどどうでもよくなってくる
独りで觴《さかずき》を傾けているが
一杯飲み干すと自然と酒壺に手が伸びている
夕方になって昼間の動きが止み
ねぐらに帰る鳥の声が林に響く
私は東の軒下《のきした》で　自由に口笛を吹く
今日もまた無事に一日が終わる

この詩は、『酒《さけ》を飲《の》む　二十首《しゅ》』のなかで、本書の冒頭に紹介した「その五」の詩と並んで私が好きな詩のひとつです。田園での一日の労働を終えた後の、くつろぎと伸びやかな精神の自由が一人で酒を飲むことに因って増幅され、周囲の自然と一体になって拡がっていく状況をうたった見事な詩だと思います。

菊の花は陶淵明が好んで詩に採り上げた植物です。三句目の「此《こ》の忘憂《ぼうゆう》の物《もの》に汎《うか》べて」の「忘憂《ぼうゆう》の物《もの》」とは憂《うれ》いを忘れるもの、つまり酒にほかなりません。菊の花をとって酒に浮かべたいわゆる「菊酒《きくしゅ》」の習慣は、中国の九月九日の重陽の節句に欠かせないものとされていますが、その由来は陶淵明のこの詩に因《よ》るものであるといわれています（他の説もあります）。古来、菊の花は延命《えんめい》長寿《ちょうじゅ》の薬草とされてきましたから、その薬草をこれも「百薬の長」である酒に浮かべて飲み、人の長寿を祝ったわけです。

この詩では、陶淵明は、独《ひと》りで盃を傾けてはいますが、暗さはみじんもなく、秋の日の夕暮れ時に、一人で盃を重ねながら、淡々と自然の移ろいを眺めている、そんな陶淵明の姿が目に浮かんできます。

「菊《きく》を採《と》る東籬《とうり》の下《もと》　悠然《ゆうぜん》として南山《なんざん》を見《み》る」の句で有名な『酒《さけ》を飲《の》む　二十首《しゅ》　その五』の詩と場面は同じで、制作時もほぼ同時期と思われ、この詩を作った時点で陶淵明は自然派詩人の名をほしいままにした感があります。
四十三頁に冒頭部分を紹介した『酒《さけ》を飲《の》む　二十首《しゅ》　その十六』の詩も実は、陶淵明が一人酒をうたった詩です。この詩は『その七』の詩と比べ、全体に暗さが漂っています。

酒《さけ》を飲《の》む　二十首《しゅ》　その十六

少年《しょうねん》より人事《じんじ》罕《まれ》にして
遊好《ゆうこう》は六経《りくけい》に在《あ》り
行《ゆ》きゆきて不惑《ふわく》に向《なんな》んとし
淹留《えんりゅう》して遂《つい》に成《な》る無《な》し
竟《つい》に固窮《こきゅう》の節《せつ》を抱《いだ》き
飢寒《きかん》は飽《あ》くまで更《へ》し所《ところ》
弊廬《へいろ》　悲風《ひふう》交《ゆきか》い
荒草《こうそう》　前庭《ぜんてい》を没《ぼっ》す

飲酒　二十首　其十六

少年罕人事
遊好在六經
行行向不惑
淹留遂無成
竟抱固窮節
飢寒飽所更
弊廬交悲風
荒草没前庭

晨鶏《しんけい》 肯《あえ》て鳴《な》かず
孟公《もうこう》 茲《ここ》に在《あ》らず
終《つい》に以《もっ》て吾《わ》が情《じょう》を翳《かげ》らす

晨鶏不肯鳴
孟公不在茲
終以翳吾情

若いころから私は俗世間とかかわりをもたなかつた
楽しみといえば儒教の六つの経典だった
何となく生きて間もなく不惑の歳（四十歳）になるというのに
ぐずぐずしてついに何ものにできなかった
いかに貧しくても節をまげなかったが
飢えと寒さはいくども経験した
ぼろ家には冷たい風が吹きすさび
雑草が前庭を覆いつくしている
一番鳥は鳴こうともしない
ここには劉孟公《りゅうもうこう》もいなくて

私の心は暗く沈んだままである

この詩には「行《ゆ》きゆきて不惑《ふわく》に向《なんな》んとし」の表現がありますから、間もなく不惑つまり四十歳になろうとしているときの作です。最後に出仕する彭沢県令《ほうたくけんれい》になる直前に、故郷で妻と幼児をかかえ、生活苦にあえぎ、悶々とした日々を送っていた様子がよくわかります。

『酒を飲む二十首』は、ある程度の期間にわたって創作した詩をまとめたものであろうと前述しましたが、二十首の順番も必ずしも創作年の順とは限らないと考えられます。

またこの詩には、一人で酒を飲んでいる直接の描写はありませんが、詩の最後に、「孟公茲《もうこうここ》に在《あ》らず　終《つい》に以《もっ》て吾《わ》が情《じょう》を翳《かげ》らす」の表現があります。孟公とは後漢の劉龔《りゅうきょう》のことを指し、劉龔《りゅうきょう》は、友を招き酒を飲むことが大好きで、特に張仲蔚《ちょうちゅううつ》という名の隠士《いんし》を招き、たびたび杯を交わした話が有名です。この故事にわざわざふれて陶淵明は、自分を隠者の張仲蔚《ちょうちゅううつ》に見立てて、「私には自分を宴会に招いてくれる孟公《もうこう》はいなくて、一人で酒を飲むことになる」とその寂しさを詠った詩です。

同じように一人酒の寂しさを詠った詩がありますので、紹介します。

連雨《れんう》　独《ひと》り飲《の》む

運生《うんせい》は会《かなら》ず尽《つ》くるに帰《き》す
終古之《しゅうここれ》を然《しか》りと謂《い》う
世間《せけん》に松喬《しょうきょう》有《あ》らば
今《いま》に於《お》いて定《はた》して何《いず》れの間《かん》にかあらん
故老《ころう》　余《わ》れに酒《さけ》を贈《おく》り
乃《すなわ》ち言《い》う　飲《の》めば仙《せん》を得《え》んと
試《こころ》みに酌《く》めば百情《ひゃくじょう》遠《とお》く
觴《さかずき》を重《かさ》ぬれば忽《たちま》ち天《てん》を忘《わす》る
天《てん》　豈《あ》に此《ここ》を去《さ》らん哉《や》
真《しん》に任《まか》せて先《さき》んずる所《ところ》無《な》し
雲鶴《うんかく》　奇翼《きよく》有《あ》り
八表《はっぴょう》をも須臾《しゅゆ》にして還《めぐ》る
我《わ》れ茲《こ》の独《どく》を抱《いだ》いてより

連雨獨飲

運生會歸盡
終古謂之然
世間有松喬
於今定何間
故老贈余酒
乃言飲得仙
試酌百情遠
重觴忽忘天
天豈去此哉
任眞無所先
雲鶴有奇翼
八表須臾還
自我抱茲獨

僶俛《びんべん》すること四十年《しじゅうねん》
形骸《けいがい》は久《ひさ》しく已《すで》に化《か》するも
心《こころ》在《あ》り　復《ま》た何《なに》をか言《い》わん

僶俛四十年
形骸久已化
心在復何言

人の生はいつか必ず終わりをむかえるものだ
このことは昔からいわれてきたことだ
この世には赤松子《せきしょうし》や王子喬《おうしきょう》のような仙人がいたというが
果たして今はどこにいるのだろうか
知り合いの老人が私に酒を贈ってくれた
これを飲めば仙人になれるというのだが
いわれるままに飲んでみると　たしかに多くの憂《うれ》いは消え去った
さらに飲み進むとすっかりいい気持になって忘我《ぼうが》の境地《きょうち》になった
いまの境地《きょうち》は仙人のすむ仙界《せんかい》にさほど遠くないところにある
自然に任《まか》せて天と一体化する

不思議な翼《つばさ》をもった鶴が雲の間にいて
天地の間もあっという間に飛び回る
私は自分自身の頑固な個性を持ってから
四十年にわたってつとめはげんできた
姿かたちは変わってしまったけれど
心はもとのままで　それでもう十分だろう

　雨が降り続いた夜、訪れるひともなく一人で酒を飲んで作った詩です。詩中に「僶俛《びんべん》すること四十年《しじゅうねん》」との表現があります。「僶俛」とは、つとめはげむことですから、四十歳まで世間の荒波にもまれてきたことを意味しています。このことから、前に紹介した『酒《さけ》を飲《の》む　二十首《しゅ》　その十六』の詩を作ったときと同じころの作品だと思われます。

　飲酒すると、仙界に上ることができるとの老人の話に対して、いわれるままに酒を飲んではみたものの、たしかに気持ちはよくなったが、果たしてこのまま仙界に上れるのだろうか、陶淵明はその一歩手前のところで、「亡《ぼう》我《が》の境地《きょうち》」といいながら実は我を捨てきれない自分がいることに気が付くのです。
『連雨《れんう》　独《ひと》り飲《の》む』の詩題からして暗い詩を想像させます。詩のうたい出しも「運生《うんせい》は会《かなら》ず尽《つ》くるに帰《き》す」ですから、暗さが増します。陶淵明がいうように酒は「忘憂物（忘憂《ぼうゆう》の物《もの》）」のはずですが、一人で飲む酒は、かえって憂いを増します。後にこのことを詠ったのが李白の『宣州謝朓楼《せんしゅうしゃちょうろう》にて校書叔雲《こうしょしゅくうん》に餞別《せんべつ》す』の詩の後半の次の句です。

宣州謝朓楼《せんしゅうしゃちょうろう》にて校書叔雲《こうしょしゅくうん》に餞別《せんべつ》す
李白
（前略）
刀《かたな》を抽《ぬ》いて水《みず》を断《た》てば水《みず》は更《さら》に流《なが》れ
杯《さかずき》を挙《あ》げ愁《うれ》いを銷《け》せば愁《うれ》い更《さら》に愁《うれ》う
人生《じんせい》　世《よ》に在《あ》りて意《い》に称《かな》わざれば
明朝《みょうちょう》髪《かみ》を散《さん》じて扁舟《へんしゅう》を弄《ろう》せん

宣州謝朓楼餞別校書叔雲
李白
（前略）
抽刀斷水水更流
擧杯銷愁愁更愁
人生在世不称意
明朝散髪弄扁舟

当時の陶淵明の酒も、詩中では「試《こころ》みに酌《く》めば百情遠く　觴《さかずき》を重《かさ》ぬれば忽《たちま》ち天《てん》を忘《わす》る」とありますが、実際には憂いを忘れるどころか、憂いをさらに増すものであったにちがいありません。『連雨《れんう》　独《ひと》り飲《の》む』の詩の最後の四句も深い意味を持っています。

自我抱茲獨
僶俛四十年
形骸久已化
心在復何言

我《わ》れ茲《こ》の独《どく》を抱《いだ》いてより
僶俛《びんべん》すること四十年《しじゅうねん》
形骸《けいがい》は久《ひさ》しく已《すで》に化《か》するも
心《こころ》在《あ》り　復《ま》た何《なに》をか言《い》わん

ここでは「独」の解釈が重要です。漢和辞典によれば「ひとり、他は動き離れても、それだけがあくまでしがみついてはなれないさま、ひとりでその状態を守るさま」（『学研・新漢和大字典』藤堂明保編）とあり、「自分自身の頑固な個性を持ってから」と現代語訳しましたが、近・現代人が抱くような孤独感と解してもいいだろうと思います。

◆陶淵明の楽しい酒

もっとも元来酒好きで友人と酒を酌み交わすことを悦びとしていた陶淵明ですから、いつも一人で酒を飲んでいたわけではありません。多くの友人と明るく楽しく飲酒していたときの詩も紹介しましょう。

斜川《しゃせん》に遊《あそ》ぶ

開歳《かいさい》　倏《たちま》ち五日《いつか》
吾《わ》が生《せい》　行《ゆ》くゆく帰休《ききゅう》せんとす
之《これ》を念《おも》えば中懐《ちゅうかい》を動《ゆる》がせ
辰《とき》に及《およ》んで茲《こ》の遊《あそ》びを為《な》す
気《き》は和《なご》やかに天《てん》は惟《こ》れ澄《す》み
坐《ざ》を班《わか》ちて遠流《えんりゅう》に依《よ》る

遊斜川

開歳倏五日
吾生行歸休
念之動中懐
及辰爲茲遊
氣和天惟澄
班坐依遠流

弱湍《じゃくたん》には文魴《ぶんほう》馳《は》せ
閑谷《かんこく》には鳴鴎《めいおう》嬌《あが》る
迴《はる》かなる沢《さわ》に游目《ゆうもく》を散《さん》じ
緬然《めんぜん》として曾丘《そうきゅう》を睇《み》る
九重《きゅうちょう》の秀《しゅう》は微《な》しと雖《いえど》も
顧瞻《かえりみ》れば匹儔《ひっちゅう》無《な》し
壺《つぼ》を提《さ》げて賓侶《ひんりょ》に接《せっ》し
満《まん》を引《ひ》いて更《こも》ごも獻酬《けんしゅう》す
未《いま》だ知《し》らず　今《いま》より去《さ》りて
当《まさ》に復《ま》た此《かく》の如《ごと》かるべきや不《いな》やを
中觴《ちゅうしょう》　遥《はる》かなる情《じょう》を縦《ほしいまま》にし
彼《か》の千載《せんざい》の憂《うれ》いを忘《わす》る
且《しば》らく今朝《こんちょう》の楽《たの》しみを極《きわ》め
明日《あす》は求《もと》むる所《ところ》に非《あら》ず

弱湍馳文魴
閑谷矯鳴鷗
迴澤散游目
緬然睇曾丘
雖微九重秀
顧瞻無匹儔
提壺接賓侶
引満更獻酬
未知從今去
當復如此不
中觴縱遥情
忘彼千載憂
且極今朝樂
明日非所求

正月になってはや五日
私はまもなく休暇をとって故郷に帰るつもりだ
そう考えると胸が躍る
頃合いをみはからって遊びに来た
おだやかな気候で空は澄みわたり
舟に乗って流れに身を任せている
流れのゆるいよどみには魴《ほう》が泳ぎ
しずかな谷にはカモメが飛ぶ
広々とした湖に目をはなち
はるか遠くの曾丘をみはるかす
それは九つの峰が聳える崑崙山《こんろんざん》のようではないが
辺りを見渡してもこれほどの山はない
酒壺を提げて賓客に接し
なみなみと酒をついだ杯をお互いに交わす
これから先このような楽しい時を持てるのだろうかわからない

酒を酌み交わせばこころが解き放たれて
古くからいわれるように千年の憂いを忘れる
まずは今日の楽しみを心行くまで味わい
明日は明日の風が吹く

この詩には「序」が存在し、この詩は四〇一年（安帝の隆安《りゅうあん》五年）辛丑《かのとうし》の年、陶淵明三十七歳のときの作であると判断されますが、一説には辛酉《かのととり》の年（四二一年）の作とする見方もあります。私は辛丑説を採ります。四〇一年の前年には首府の建康《けんこう》に使いし、その帰りに強風にあって難儀したときに作った詩が第二章六十三頁に紹介した『庚子《かのえね》の歳《とし》五月中　都《みやこ》より帰《かえ》るに風《かぜ》に規林《きりん》に阻《はば》まる』です。

この年の正月は江陵《こうりょう》で迎え、詩中にあるように、まもなく休暇をとって故郷に帰る期待に胸を膨らませています。陶淵明の生涯の中では比較的落ち着いていた数年で、詩にも伸びやかさが溢れています。自然をうたった「叙景詩」のお手本のような作品です。

斜川《しゃせん》は現在、江西省《こうせいしょう》都昌県《としょうけん》付近にある長江の支流の湖水です。遠くに南山つまり廬山《ろざん》を望むことができます。この時期、友と飲む酒は、「千年の憂いを忘れる」酒であったことがわかります。
もうひとつ楽しい酒の詩を紹介します。この詩は、陶淵明が田園生活に入って、十年近く経った五十代の作品といわれています。陶淵明の五十代は、病苦に悩まされ、経済的にも厳しい日々が続いたときとされていますが、楽しい酒を飲んだときもあったのです。

雑詩《ざつし》　十二首《しゅ》　その一

人生《じんせい》は　根蔕無《こんていな》く
飄《ひょう》として陌上《はくじょう》の塵《ちり》の如《ごと》し
分散《ぶんさん》して風《かぜ》を逐《お》って転《てん》じ
此《こ》れ已《すで》に常《つね》の身《み》に非《あら》ず
地《ち》に落《お》ちて兄弟《けいてい》と為《な》る
何《なん》ぞ必《かなら》ずしも骨肉《こつにく》の親《しん》ならんや
歓《かん》を得《え》ては当《まさ》に楽《たの》しみを作《な》すべし

雑詩　十二首　其一

人生無根蔕
飄如陌上塵
分散逐風轉
此已非常身
落地爲兄弟
何必骨肉親
得歡當作樂

斗酒《としゅ》　比隣《ひりん》を聚《あつ》めよ
盛年《せいねん》　重《かさ》ねて来《きた》らず
一日《いちにち》再《ふたた》び　晨《あした》なり難《がた》し
時《とき》に及《およ》んで当《まさ》に勉励《べんれい》すべし
歳月《さいげつ》　人《ひと》を待《ま》たず

人の命には根《ね》や蔕《へた》がない
風に舞い散る路上の塵《ちり》のようなものだ
分かれて散って風のまにまに転がりまわる
もはや永遠に変わらぬ姿ではない
この世に生まれて兄弟のように結びつくのも
それは血をわけた肉親だけではない
うれしい時は楽しめばいい
大杯に酒をなみなみとついで近所の人を集めよう

斗酒聚比鄰
盛年不重來
一日難再晨
及時當勉勵
歳月不待人

意気盛んなときはまたと来ない
今日という日もまたと来ない
チャンスをつかんでせいぜい楽しもう
月日は人を待ってはくれないから

どこかで聞き覚えのある詩だと感じる人がいるのではないでしょうか。気になるのは、最後の四句です。

盛年《せいねん》　重《かさ》ねて来《きた》らず
一日《いちにち》再《ふたた》び　晨《あした》なり難《がた》し
時《とき》に及《およ》んで当《まさ》に勉励《べんれい》すべし
歳月《さいげつ》　人を待《ま》たず

盛年不重來
一日難再晨
及時當勉励
歳月不待人

よく混同されるのは、朱子学の創始者朱熹《しゅき》が作ったとされる『偶成』と題する詩の一部の次の句です。

少年老易學難成
一寸光陰不可輕

少年《しょうねん》老《お》い易《やす》く　学《がく》成《な》り難《がた》し
一寸《いっすん》の光陰《こういん》　軽《かろ》んずべからず

少年はすぐに年を取ってしまい　勉学をきわめることが難しくなる
寸暇を惜しんで学習しなければならない

いかにも、朱子学の創始者朱熹《しゅき》の作りそうな教訓めいた漢詩ですが、最近の研究では、この詩を作ったのは日本の禅僧の観中中諦《かんちゅうちゅうたい》の作ではないかといわれています。

この詩は、さらに、

未覚池塘春草夢
階前梧葉已秋聲

未《いま》だ覚《さ》めず池塘春草《ちとうしゅんそう》の夢《ゆめ》
階前《かいぜん》の梧葉《ごよう》　已《すで》に秋声《しゅうせい》

池の堤に春の草がおい茂ったころの夢から覚めないうちに
季節はうつろい桐の葉に秋の気配を感じるようになる

と続き、若者に一生懸命、勉学に励むよう促《うなが》す内容の詩です。一方、陶淵明の詩は、遊べるときは寸暇を惜しんで遊べ、楽しめといっているのですから、朱熹《しゅき》の作といわれていた詩とは百八十度異なる、正反対の内容の詩ですが、間違いの原因は、陶淵明の詩に「勉励《べんれい》」の文字があるからです。「勉励《べんれい》」は、「無理をしてでもつとめ、はげむ」の意味ですから、そのつとめ、はげむ対象は学問であっても遊興であってもいいのです。中国語では、「勉《ミエン》」は「奮い立って努力する」の他に「かろうじて、やっと」の意味があります。そこで「勉強《ミエンチャン》」は「無理に強いる、強制する」で、手元の『中日辞典（小学館）』では、わざわざ日本語の勉強とは意味が違うと説明しています。

もっとも、雑詩と題する一連の詩は、人生を前向きに明るく歌った詩ばかりではありません。全体で、十二首ある詩の大半は残された人生の短さを嘆く詩です。

雑詩《ざつし》　その三

（前略）

日月《にちげつ》は人《ひと》を擲《す》て去《さ》り

志《こころざし》　有《あ》るも騁《は》するを獲《え》ず

此《こ》れを念《おも》いて悲悽《ひせい》を懐《いだ》き

暁《あかつき》を終《お》うるまで静《しず》まる能《あた》わず

歳月は人にはかまわず過ぎ去り

志はあっても思うように発揮することはできなかった

これを思うと悲しみが胸にあふれ

朝が来るまでおちついて眠れなかった

雑詩　其三

日月人擲去

有志不獲騁

念此懐悲悽

終暁不能静

◆禁酒の誓いを立てた(?)陶淵明

酒好きの陶淵明も禁酒を考えたことがあると思わせる詩があります。もっとも、これは一種の「ざれ歌」で、裏を返せばこんな理由で私は酒を辞めないのだと主張する居直りの詩と考えたほうがいいのでしょう。

酒《さけ》を止《や》む
居《きょ》は城邑《じょうゆう》に次《やど》るを止《や》め
逍遥《しょうよう》として自《おのず》から閑止《のどか》なり
座《ざ》するは止《た》だ高蔭《こういん》の下《もと》のみ
歩《あゆ》むは止《た》だ畢門《ひつもん》の裏《うち》のみ
好《よ》き味《あじ》は止《た》だ園葵《えんき》のみ
大《おお》いなる懽《よろこび》は止《た》だ稚子《ちし》のみ

止酒
居止次城邑
逍遥自閑止
座止高蔭下
歩止畢門裏
好味止園葵
大懽止稚子

平生《へいせい》　酒《さけ》を止《や》めず
酒《さけ》を止《や》めれば情《こころ》に喜《よろこ》び無《な》し
暮《く》れに止《や》むれば安《やす》らかに寐《い》ねられず
晨《あした》に止《や》むれば起《た》つ能《あた》わず
日日《ひび》之《これ》を止《や》めんと欲《ほっ》すれども
栄衛《えいえい》　止《と》まりて理《おさ》まらず
徒《た》だ知《し》る　止《や》むることの楽《たの》しからざるを
未《いま》だ知《し》らず　止《や》むることの己《おのれ》に利《り》あるを
始《はじ》めて止《や》むることの善《ぜん》たるを覚《おぼ》え
今朝《こんちょう》　真《しん》に止《や》めたり
此《こ》れより一《ひと》たび止《や》め去《さ》って
将《まさ》に扶桑《ふそう》の涘《ほとり》に止《とど》まらんとす
清顔《せいがん》　宿容《しゅくよう》を止《や》む
奚《なん》ぞ止《た》だに千万祀《せんまんし》のみならんや

平生不止酒
止酒情無喜
暮止不安寐
晨止不能起
日日欲止之
榮衛止不理
徒知止不樂
未知止利己
始覺止爲善
今朝眞止矣
從此一止去
將止扶桑涘
清顔止宿容
奚止千萬祀

にぎやかな街中《まちなか》に住むことをやめ
ぶらぶらしてきままなものだ
高い木の木陰《こかげ》に座り
粗末な家の門の中だけを散歩して
庭の畑でつくった野菜を味わい
幼児《おさなご》と遊ぶのが一番の楽しみだ
これまで酒をやめることはなかった
酒を断てば楽しいことがなくなる
夜飲まなければ寝つけなくなるし
朝飲まなければ起きられなくなる
毎日　酒をやめようと思うのだが
酒をやめれば調子が狂ってしまう
酒をやめれば世の中がつまらなくなってしまうことは分かっている
酒をやめて自分にいいことがあるなどとは思ってもいなかった
しかし　酒をやめてよいことがあるのを始めて知った

今日から酒はきっぱり断つ
金輪際《こんりんざい》　酒はやめる
仙人が住むといわれる扶桑の島に行って住むことにしよう
これまでとは違うすっきりした顔になって生きていこう
千万年といわずにいつまでも長生きしよう

「今朝《こんちょう》　真《しん》に止《や》めたり」と断酒の決意を固めたからといって、その後、陶淵明が酒を飲まなくなったとの記録はありません。大酒のみが、年頭に「今年は絶対に酒をやめる」と宣言して、その後すぐに、「正月だから一杯やろう」と、酒を飲み始めるのと同じで、あてにならない約束です。この詩のおもしろさは、五言二十句のすべての句に「止」の字を使って全体をまとめていることです。この詩はかえって陶淵明が、酒に対する愛着をうたい、本気で酒をやめようなどとは思っていなかったことの証拠になっています。

第六章　陶淵明の煩悩《ぼんのう》

◆女性への思慕をうたった『閑情《かんじょう》の賦《ふ》』

北宋の詩人、蘇軾《そしょく》は『東坡自集《とうばじしゅう》』の中で、陶淵明の詩に和するにあたって次のように書いています。「淵明《えんめい》の詩《し》　多《おお》からず　然《しか》るに其《そ》の詩《し》　質《しつ》にして実《じつ》は綺《き》　癯《く》にして実《じつ》は腴《こ》ゆ」。

一見すると、地味なようで、実は派手で、淡白なようで、その実は脂《あぶら》ぎっているとの意味で、陶淵明の性格を見抜いた評価です。

また、蘇軾《そしょく》は、この中で「自曹　劉　鮑　謝　李　杜諸人皆莫及也」、つまり、これまで詩の大家といわれてきた曹植《そうしょく》、劉楨《りゅうてい》、鮑照《ほうしょう》、謝朓《しゃちょう》、李白《りはく》、杜甫《とほ》も皆、陶淵明には及ばないと彼を絶讃しています。

私が、『閑情《かんじょう》の賦《ふ》』を読んだ、最初の印象は、自然派詩人として評価の高かった陶淵明が、こんなにも情熱的な韻文を書いていた事実に対する驚きにも似た複雑な感情でした。「閑《かん》」とは、「ふせぐ」「さえぎる」「とどめる」の意で、「閑情《かんじょう》」で、情欲をふせぎ、物静かな心を取り戻すことです。

陶淵明は、『閑情《かんじょう》の賦《ふ》』の序文で、自分がこの韻文を書いた事情を次のように説明しています。

初《はじ》め張衡《ちょうこう》『定情賦《ていじょうふ》』を作り
蔡邕《さいよう》は『静情賦《せいじょうふ》』を作れり
逸辞《いつじ》を検《おさ》えて澹泊《たんぱく》を宗《むね》とし
始《はじ》めは即《すなわ》ち蕩《うご》かすに思慮《しりょ》を以《もっ》てし
而《しか》して終《つい》に閑正《かんせい》に帰《き》す
将《まさ》に以《もっ》て流宕《りゅうとう》の邪心《じゃしん》を抑《おさ》え
諒《まこと》に諷諫《ふうかん》に助《たす》け有《あら》んとす

初張衡作『定情賦』
蔡邕作『靜情賦』
檢逸辭而宗澹泊
始則蕩以思慮
而終歸閑正
將以抑流宕邪心
諒有助於諷諫

初めには（漢の）張衡《ちょうこう》が『定情の賦』をつくり
その後、（後漢の）蔡邕《さいよう》は『静情の賦』をつくった
いずれも放逸な文章を抑えて淡白な文と為るよう心がけ
始めは自由奔放な書きぶりになっているが
最後は情欲をふせぎ端正なものになっている
つまり放蕩《ほうとう》に流れる心を抑えて

遠回しに諫《いさ》める一助にしようとしたのである

第三章で、叙情的な文を「辞《じ》」、叙事的な文を「賦《ふ》」と説明しましたが、陶淵明のこの文章は、叙情的な内容ですが、「賦」と名付けられています。要は作者の思いで、「辞」でも「賦」でもいいということでしょう。

この「賦《ふ》」の本文は「夫《そ》れ何《なん》ぞ瓌逸《かいいつ》の令姿《れいし》の　独《ひと》り曠世《こうせい》以《もっ》て群《ぐん》に秀《ひい》ずるや」で始まる、七百五文字からなる長文です。「瓌逸《かいいつ》の令姿《れいし》」、つまり並外れて美しい容姿の女性への思慕の情を何とか押しとどめようとする内容です。この賦のさわりは、「十願（十の願い）」あるいは「十悲（十の悲しみ）」と呼ばれる、陶淵明が彼女に抱いた一種の妄想とも思われる願いです。その一部を紹介します。

願《ねが》わくは衣《ころも》に在《あ》りては領《えり》と為《な》り　　願在衣而爲領
華首《かしゅ》の余芳《よほう》を承《う》けん　　承華首之餘芳
悲《かな》しいかな　羅襟《らきん》の宵《よい》に離《はな》るれば　　悲羅襟之宵離

秋夜《しゅうや》の未《いま》だ央《つ》きざるを怨《うら》む

できることならあなたの衣のエリとなって
その華やかなうなじの香りを嗅いでみたいものです
しかし悲しいことに　夜には薄絹の着物は脱いでしまうから
長い秋の夜がなかなか明けないことを怨みます

願《ねが》わくは裳《しょう》に在りては帯《おび》と為《な》り
窈窕《ようちょう》の纖身《せんしん》を束《つか》ねん
嗟《なげ》かわしいかな　温涼《おんりょう》の気《き》を異《こと》にすれば
或《ある》いは古《ふる》きを脱《ぬ》ぎて　新《あたら》しきを服《き》るを

怨秋夜之未央

願在裳而爲帯
束窈窕之纖身
嗟温涼之異氣
或脱故而服新

できることならあなたの裳《もすそ》の帯となって
しとやかでおくゆかしい細身の体を包んでみたい
しかし残念なのは　温かくなったり涼しくなったりして
古い裳《もすそ》は脱ぎ捨てて　新しいものに替えられてしまうことです

願《ねが》わくは髪《かみ》に在《あ》りては沢《たく》と為《な》り
玄鬢《げんびん》を頽肩《たいけん》に刷《ぬぐ》わん
悲《かな》しいかな　佳人《かじん》の屡沐《しばしばもく》し
白水《はくすい》に従《よ》りて以《もっ》て枯煎《こせん》するを

願在髪而爲澤
刷玄鬢於頽肩
悲佳人之屢沐
從白水以枯煎

できることなら髪の油になって
あなたの黒髪を撫《な》で肩《がた》の上で梳《と》かしてあげたい

しかし悲しいかな　美人はしばしば洗髪するので
沸かした米のとぎ汁とともに流されて乾いてしまうだろう

願《ねが》わくは眉《まゆ》に在《あ》りては黛《まゆずみ》と為《な》り
瞻視《せんし》に随《したが》って以《もっ》て閑《のど》やかに揚《あが》らん
悲《かな》しいかな　脂粉《しふん》の鮮《あざ》やかなるを尚《とうと》び
或《ある》いは華粧《かしょう》に毀《こぼ》たれんことを

願在眉而爲黛
随瞻視以閑揚
悲脂粉之尚鮮
或取毀於華粧

できることならあなたの眉の黛になって
あなたの視線といっしょにしずかに上がりたい
しかし悲しいかな　美人は化粧崩れを気にするから
化粧直しをされて黛も落とされてしまう

願《ねが》わくは莞《かん》に在《あ》りては席《むしろ》と為《な》り
弱体《じゃくたい》を三秋《さんしゅう》に安《やす》んぜん
悲《かな》しいかな　文茵《ぶんいん》の代《か》わり御《ぎょ》して
年《とし》を経《ふ》るに方《あた》りて求《もと》められんことを

できることなら莞《かん》（蒲《かま》の一種）になって席《むしろ》の材料となり
秋の三カ月間あなたのか細い体をつつんでさしあげたい
ただ悲しいのは　寒くなって虎の皮の褥《しとね》に代えられてしまうことで
また求められるのは一年経ってからのことでしょう

願《ねが》わくは糸《いと》に在《あ》りては履《くつ》と為《な》り
素足《すあし》に附《つ》きて以《もっ》て周旋《しゅうせん》せん

願在莞而爲席
安弱體於三秋
悲文茵之代御
方經年而見求

願在糸而爲履
附素足以周旋

悲《かな》しいかな　行止《こうし》の節有《せつあ》りて
空《むな》しく牀前《しょうぜん》に委棄《いき》せらるるを

悲行止之有節
空委棄於牀前

できることなら生糸であればあなたの履《くつ》となって
素足にまつわりついて一緒に動き回りたい
しかし悲しいのは　あなたの行動もいろいろあって
ベッドの前に脱ぎ捨てられることもあるでしょう

以下、⑦昼なら影になって、⑧夜なら燭《ともしび》となり、⑨竹なら扇《おうぎ》になって、⑩木なら桐《きり》になって、と十の願いが並びます。こうした妄想を並べて、自分の美女に対する思いのたけを述べているのです。賦は最後に、次のように結んでいます。

蔓草《まんそう》の会《かい》を為《な》すを尤《とが》めて　尤蔓草之爲會
邵南《しょうなん》の余歌《よか》を誦《しょう》せん　誦邵南之餘歌
万慮《ばんりょ》を坦《うちあ》けて以《もっ》て誠《まこと》を存《そん》し　坦萬慮以存誠
遥情《ようじょう》を八遐《はっか》に憩《いこ》わしめん　憩遥情於八遐

『詩経』の「蔓草篇《まんそうへん》」にあるような密会はやめて
同じ『詩経』の「召南《しょうなん》」にあるような礼にかなった男女の付き合いを行おう
これまで恥ずかしい多くの事柄を告白して誠を示し
身分不相応な高望みを遥か彼方に散らしてしまおう

吉川幸次郎氏の『陶淵明伝』（中公文庫、一九八九年）によれば、「つまりこのなまめかしい長歌《ながうた》は、張衡《ちょうこう》と蔡邕《さいよう》とに発する構想が、すでに何度かかえ歌を生んでいるのにつけ加えて、またひとつのかえ歌を作ったものである。なまめかしさの責任の全部が、淵明にあるのではない」としながら、同時に「かく十までも妄想を、たたみかさねることは淵明以前の作品には稀であったのではなかろうか」とも指摘しています。

この賦《ふ》に対する評価は、古くから二つに分かれています。ひとつは、陶淵明の没後百年に、『陶淵明伝』を書いた梁《りょう》の蕭統《しょうとう》は、自身の篇になる『陶淵明集』の中で、「(この作品は)白璧《はくへき》の微瑕《びか》」と書いています。つまり陶淵明は多くの立派な作品を残しているが、これだけはいただけない、と低い評価を与えているのです。

一方、くだんの蘇軾《そしょく》は、この賦《ふ》を低俗なものとみる考えは、少年の潔癖症のようなものだと、陶淵明を擁護しています。のちの時代の魯迅《ろじん》も、当時にあって大胆な恋愛観を記していると高く評価しています。

この賦《ふ》の制作年は他の多くの作品と同様、正確な年はわかりませんが、陶淵明が三十歳になるかならないかの時期の作品であろうと推測されています。陶淵明は二十歳前後に最初の妻を迎え、三十歳で、この妻と死別し、ほどなく翟《てき》家の娘と再婚しています。最初の妻は王家の娘ということは判明していますが、王家の家系は不明です。陶淵明の生母、つまり父の妻は孟嘉《もうか》の孫娘であったことは前述した通りで、孟家が名家であったことと比較して、陶淵明の妻の王家との差は歴然としています。このことが陶淵明の妻に対する愛情にどんな影響があったのかは、はっきりしませんが、陶淵明は意外とマザーコンプレックスだったのかも知れません。
男尊女卑で、しかも親に対する「孝」が重視されていた中国では、一般的に、妻に対する愛情表現は母に対するものより希薄であったと考えられます。そんななかでも妻への愛情を率直にうたった詩人も少なくありません。時代はおよそ四百年下りますが、陶淵明の詩を高く評価した白居易《はくきょい》（白楽天）は、次のうたい出しで始まる有名な詩『内《つま》に贈《おく》る』で妻への愛情をうたっています。

内《つま》に贈《おく》る　白居易

生《い》きては同室《どうしつ》の親《しん》と為《な》り
死《し》しては同穴《どうけつ》の塵《ちり》と為り
他人《たにん》すら尚《な》お相勉《あいつと》む
而《ま》して況《いわん》や我《われ》と君《きみ》とをや

贈内　白居易

生為同室親
死為同穴塵
他人尚相勉
而況我與君

生きているかぎりは同じ部屋で仲良く暮らし

死んでからも一緒の墓で朽ち果てましょう
他人でも互いに仲良くなろうと努力するのに
あなたと私ならきっとうまく行きますよ

「詩聖」と呼ばれた杜甫《とほ》も、その詩の中で何度も妻に対する素直な愛情を示しています。陶淵明の『閑情《かんじょう》の賦《ふ》』が妻に対するラブレターだと解釈することもできますが、陶淵明の心のなかには、実際に苦しい生活を共にしてくれる「糟糠《そうこう》の妻《つま》」とは別に、理想の女性像があったのではないでしょうか。実際、陶淵明は「十の願い」の後で、「儻《も》し行き行きて覿《み》ること有《あ》らば 欣《よろこ》びと懼《おそ》れと中襟《ちゅうきん》に交々《こもごも》ならん」とあり、意味は「もし歩いているときに出会うようなことがあれば 欣びと懼れが心の中に交々湧いてくる」とのことです。会えてうれしいが、会ってどぎまぎして嫌われてしまったらどうしようとの思いがあるというのですから、おそらく、陶淵明が片思いで思いをつのらせた女性が実在したのではないだろうかと思われます。そのことが、この『閑情の賦』を一層なまめかしいものにしていると私は考えます。同時に、この句に表現された、女性を好きになったときの男性の心のうちは一六〇〇年前も今もかわらないものであることを知らされました。

◆子に対する期待と失望

陶淵明には五人の男児がいることは前述した通りです。しかし、この子どもたちの出来があまりよくなかったことは、後の時代の史書や陶淵明の伝記などにも、子どもの活躍について触れた記述がほとんどないことからも明らかです。一般の家庭の親ならば、子どもが健康に育ってくれればそれでよしということでしょうが、没落したとはいえ上流階級出身で自らは子どものころから学問を愛した陶淵明にとっては、やはり子どもが学問好きであるかどうか気にかかるようです。

かつて長男が誕生し、幼児期を脱し、成童《せいどう》（五歳以上の童《わらべ》、一説に八歳以上）となり、命名のさいに『子《こ》に命《なづ》く』の詩をつくって、陶家の先祖の偉大さ、家系の優秀さを子に伝えています。

その詩の最後の段では儼《げん》と名付けた息子に次のように期待を述べています。

日《ひ》や月《つき》や　　日居月諸
漸《ようや》く孩《がい》より免《まぬか》れん　　漸免於孩
福《ふく》は虚《むな》しくは至《いた》らず　　福不虚至

禍《か》も亦《また》来《き》たり易《やす》し
夙《つと》に興《お》き夜《よる》に寐《い》ね
爾《なんじ》が斯《ここ》に才《さい》あらんことを願《ねが》う
爾《なんじ》の不才《ふさい》なる
亦《ま》た已《や》んぬるかな

禍亦易來
夙興夜寐
願爾斯才
爾之不才
亦已焉哉

月日が経って
やっと幼児期を脱することとなった
福は何もしないではやってこない
禍は生じやすい
朝早く起き　夜は遅く寝て
おまえは才能のある人物になってほしい
もしおまえに才能がなくても
それはそれで仕方のないことだ

この長男が十六歳になったときに陶淵明が作った『子《こ》を責《せ》む』と題する詩も残っています。

子《こ》を責《せ》む

白髪《はくはつ》は両鬢《りょうびん》を被《おお》い
肌膚《きふ》復《また》た実《ゆたか》ならず
五男児《ごだんじ》有《あ》りと雖《いえど》も
総《す》べて紙筆《しひつ》を好《この》まず
阿舒《あじょ》は已《すで》に二八《にはち》なるに
懶惰《らんだ》なること故《まこと》に匹無《たぐいな》し
阿宣《あせん》は行《ゆ》くゆく志学《しがく》なるも
而《しか》も文術《ぶんじゅつ》を愛《あい》さず
雍《よう》と端《たん》は年十三《としじゅうさん》なるも
六《ろく》と七《なな》とを識《し》らず

責子

白髪被兩鬢
肌膚不復實
雖有五男児
總不好紙筆
阿舒已二八
懶惰故無匹
阿宣行志學
而不愛文術
雍端年十三
不識六與七

通子《とうし》は九齢《きゅうれい》に垂《なんなん》とするに
但《た》だ梨《なし》と栗《くり》とを覓《もと》むるのみ
天運《てんうん》　苟《いやしく》も此《か》くの如《ごと》くんば
且《しばら》く杯中《はいちゅう》の物《もの》を進《すす》めん

私の白髪は両鬢にかかり
肌や皮膚もしわくちゃになってしまった
五人の男の子がいるが
みんな学問を好まない
長男の阿舒《あじょ》はもう十六だが　類《たぐい》まれな怠け者だ
次男の阿宣《あせん》はまもなく十五になるというのに
文章や詩をつくるのは好まない
雍《よう》と端《たん》は十三だが
六と七の区別がつかない

通子垂九齢
但覓梨與栗
天運苟如此
且進杯中物

末子の通子《とうし》はもうすぐ九歳になるのに
梨や栗を欲しがるばかりだ
天の思し召しがこのようなことなら
ままよ私は酒を飲むことにしよう

五人の男の子は、それぞれ成童となり、儼《げん》、俟《し》、份《ふん》、佚《いつ》、佟《とう》という立派な名前をもちながら、陶淵明はわざわざ幼名でこの詩を書いていています。愛情の表現といえなくもありませんが、年齢だけ重ねても少しも大人にならない子どもたちをわざと幼名で呼んで叱責していています。なお、雍と端は同い年だから双子という説がありますが、陶淵明に側室がいて、妻とその女性が同じ年に子を産んだとも考えられます。陶淵明の父も側室を有し、陶淵明の妹を産んでいますから、陶淵明に側室がいても何の不思議もありません。

幼少のころから書を読み学問好きだった陶淵明は、自分の往時の姿と、子どもたちの様子を見比べて、子どもたちに「もっとしっかりしろ」と励ましているのです。

◆子どもたちへの遺言

陶淵明は、子どもたちの将来がよほど気になったのでしょう。晩年、五十一歳でマラリアを患い、すでに十年を超える厳しい農民生活で肉体がボロボロになり自分のいのちが残り少ないことを悟ったとき、子どもたちに「遺言書」ともいえる文章をしたためています。

全文は比較的長いので、その書き出しの部分と、後半を紹介することにします。

子《こ》の儼等《げんら》に与《あた》うる疏《そ》

儼《げん》　俟《し》　份《ふん》　佚《いつ》　佟《とう》に告《つ》ぐ
天地《てんち》の命《めい》を賦《ふ》するや　生《せい》あれば必《かなら》ず死《し》有《あ》り
古《いにしえ》より賢聖《けんせい》も　誰《たれ》か独《ひと》り能《よ》く免《まぬか》れん
子夏《しか》の言《い》える有《あ》り　曰《いわ》く
死生《しせい》に命《めい》有《あ》り　富貴《ふうき》は天《てん》に在《あ》り
四友《しゆう》の人《ひと》　親《した》しく音旨《おんし》を受《う》く

與子儼等疏

告儼　俟　份　佚　佟
天地賦命　生必有死
自古賢聖　誰獨能免
子夏有言曰
死生有命　富貴在天
四友之人　親受音旨

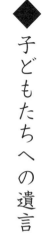

斯《こ》の談《だん》を発《はっ》する者《もの》
将《は》た窮達《きゅうたつ》は妄《みだ》りに求《もと》む可《べ》からず
寿夭《じゅよう》は永《なが》く外《そと》に請《こ》うこと無《な》き故《ゆえ》に非《あら》ずや
吾年五十《わがとしごじゅう》を過《す》ぐ
少《わか》くして窮苦《きゅうく》　毎《つね》に家幣《かへい》を以《もっ》て
東西《とうざい》に游走《ゆうそう》す

發斯談者
将非窮達不可妄求
壽夭永無外請故耶
吾年五十過
少而窮苦　毎以家幣
東西游走

儼《げん》　俟《し》　份《ふん》　佚《いっ》　佟《とう》に告げる
人は天の定めによって生きているので　死は避けられないものだ
古代からどんな賢者や聖者でも　この運命からは免れることはできない
孔子の弟子の子夏がいうには
死生は天が命ずることで　富栄えるのも天の思し召しだ
子夏をはじめ四人の孔子の弟子は　直接孔子の教えを聞いた
この言葉を発したのは

妄《みだ》りに富や栄達を求めるのではなく
長生きをしたいと寿命を超えて願うこともやめたほうがいいということだ
私の年も五十歳を超えた
若いころから生活苦にさらされ　いつも家が貧しかったので
東西をかけずり回った

（中略）
汝輩稚小《なんじらちしょう》にして家貧《いえまず》しく
毎《つね》に柴水《さいすい》の労《ろう》に役《えき》せられ
何《いずれ》の時《とき》にか免《まぬか》る可《べ》けん
之《これ》を念《おも》うて心《こころ》に在《あ》り
若何《いかん》ぞ言《い》う可《べ》けん
然《しか》れども汝等《なんじら》は同生《どうせい》ならずと雖《いえど》も
当《まさ》に四海皆兄弟《しかいみなきょうだい》の義《ぎ》を思《おも》うべし
鮑叔《ほうしゅく》　管仲《かんちゅう》は　財《ざい》を分《わ》かって猜《そね》むこと無《な》く

汝輩稚小家貧
毎役柴水之労
何時可免
念之在心
若何可言
然汝等雖不同生
當思四海皆兄弟之義
鮑叔管仲　分財無猜

帰生《きせい》　伍挙《ごきょ》は　荊《いばら》を班《ひら》きて旧《きゅう》を道《い》い
遂《つい》に能《よ》く敗《はい》を以《もっ》て成《せい》と為《な》し
喪《そう》に因《よ》って功《こう》を立《た》てたり
他人《たにん》すら尚《な》お爾《しか》り　況《いわん》や同父《どうふ》の人《ひと》をや

歸生伍擧　班荊道舊
遂能以敗爲成
因喪立功
他人尚爾　況同父之人哉

おまえたちは小さいころから家が貧しく
いつも炊事をやらされて
いつまでたっても解放されなかった
このことを思うと心が重くなる
何といえばいいかわからない
しかし　おまえたちは母親が違うが
四海皆兄弟の気持ちをもってほしい
鮑叔《ほうしゅく》と管仲《かんちゅう》は一緒に事業の利益を分けたが　その分け前で諍《いさか》いは無かった
帰生《きせい》と伍挙《ごきょ》は　異国で会って旧交をあたためあった

管仲《かんちゅう》は一度失敗したが鮑叔《ほうしゅく》の援けで成功をおさめた
伍挙《ごきょ》は罪により逃亡しても　帰生《きせい》の助けによって功をたてることができた
他人ですらこのとおりだ
ましてや父を同じくするおまえたちは仲良くすべきだ

潁川《えいせん》の韓元長《かんげんちょう》は　漢末《かんまつ》の名士《めいし》なり
身《み》は卿佐《けいさ》に処《お》り　八十にして終《お》わる
兄弟同居《けいていどうきょ》して　没歯《ぼっし》に至《いた》る
済北《せいほく》の氾稚春《はんちしゅん》は　晋《しん》の時《とき》の操行《そうこう》の人《ひと》なり
七世同財《ななせいどうざい》　家人《かじん》に怨色《えんしょく》無かりき
詩《し》に曰《いわ》く　高山《こうざん》を仰《あお》ぎ　景行《けいこう》を行《ゆ》く
爾《しか》する能《あた》わずと雖《いえど》も　至心《ししん》もて之《これ》を尚《たっと》ぶ
汝《なんじ》ら其《そ》れ慎《つつし》めよや　吾復何《われまたなに》をか言《い》わん

潁川韓元長　漢末名士
身處卿佐　八十而終
兄弟同居　至於沒齒
濟北氾稚春　晉時操行人也
七世同財　家人無怨色
詩曰　高山仰止　景行行止
雖不能爾　至心之尙
汝其愼哉　吾復何言

穎川《えいせん》（河南省禹《う》県）の韓元長《かんげんちょう》は　漢末の名士であった
卿佐《けいさ》に任ぜられていたが　八十歳まで長生きした
歯がなくなってしまうまで　兄弟同居して仲良く暮らした
済北《せいほく》（山東省長清《ちょうせい》県）の氾稚春《はんちしゅん》は　晋の時代の行いの正しい人物だった
七世代同居して　財布もひとつにして家族は誰も不平を言わなかった
『詩経』には「高い山（徳の高い人）を仰ぎ　日向《ひなた》の道を歩め」の言葉がある
これらの人々の真似はできないとしても　真心を以て高い目標を尊び　おまえた
ちは慎み深く行動をただしてくれ　私はもう何も言うことはない

「疏《そ》」とは手紙のことでこの手紙は、文中に「吾年五十を過ぐ」とあるので陶淵明五十代のときの作であることははっきりしています。五十代といえば陶淵明は五十一歳でマラリアに罹患して、肉体的に大いに弱っていたときです。

また、文中に「氾稚春は晋の時の……」とありますから王朝は晋から宋に替わった後に作った文だということが窺えます。

当時、五人の男の子が、それぞれ何歳であったかは、「疏《そ》」のなかでは明かされていませんが、この詩の前に紹介した『子を責む』では五人の年齢が判明していますから、それらを踏まえると、五人の子どものうち長男の儼は三十代、末子の佟も二十代とそれぞれ「弱冠《じゃっかん》」（成人）に達して、すでに立派な成人男子になっていたことがわかります。

いずれにしろ、この五人のできは陶淵明の満足がいくものでなかっただけに、自分の死後、これらの子どもの行く末が気になっていたに違いありません。そこでわざわざ五人の子どもに遺言をしたためたのです。

手紙の中で、自分は現世での栄達を求めず、早くに隠棲して、みんなに貧しい生活を強いて苦労をかけたことを詫びているところにも陶淵明の誠実さが溢れています。そして五人が仲良くくらすことの大切さを噛んで含めるように説いています。

手紙の最後には、「徳の高い人の生き方を目指してほしい。それが無理でも、せめてそれらの偉人を目標に慎み深い人生を送ってほしい」と記しています。親として子どもに対する愛情のこもった手紙です。

第七章　陶淵明の死生観

◆挽《ばん》歌《か》の詩

「挽《ばん》歌《か》」とは古代中国で死者の棺をのせた車を挽く人たちがうたう歌のことで、英語ではエレジーとも訳されています。日本で「挽《ばん》歌《か》」と聞けば、一九五〇年代、原田康子《はらだやすこ》氏の同名の小説があり、映画化されたことを思い出す人も多いと思いますが、私は「挽歌」の文字を見ると、由紀《ゆき》さおりさんが一九七〇年代に歌った同名の歌謡曲を連想します。歌詞は千家和也《せんけかずや》氏の作で、恋人との別れを歌った詩で、死別の歌ではありません。由紀さおりさんが情緒たっぷりに歌い上げる歌詞とタイトルの「挽《ばん》歌《か》」の文字の響きがぴったりで、いまでもときどき、彼女の「挽歌」を聞いて、この歌をよく聴いた若いときのことを懐かしんでいます。

陶淵明の「挽歌」の詩は、彼が自分の死の場面を想像して、作った一種の「ざれ歌」です。ですから詩の題も『挽《ばん》歌《か》の詩《し》に擬《ぎ》す』とすることが正しいと思います。晋の時代には、名士の間に、本来なら縁起が悪く人々が忌み嫌う「挽《ばん》歌《か》」を生前に自分で作って、お供の者にうたわせて街中を練り歩くことが流行ったとの話が南朝「宋」の臨川王劉義慶《りんせんおうりゅうぎけい》が編纂した読み物『世説新語《せせつしんご》』に載っています。『世説新語《せせつしんご》』は史書ではなく、後漢末から東晋までの著名人の逸話を集めた読み物ですが、当時の世相を知る上では貴重な文献です。

陶淵明に先立って、西晋《せいしん》の陸機《りくき》は生前、『挽歌詩《ばんかし》　三首』、『庶人挽歌之辞《しょにんばんかのじ》』を作っています。陶淵明は、これに倣ったものと思われます。

陶淵明の『挽歌《ばんか》の詩《し》に擬《ぎ》す』は陸機《りくき》の詩と同じように三首からなっていて、それぞれ「納棺《のうかん》」、「葬送《そうそう》」、「埋葬《まいそう》」と葬儀の各段階を追って詩が作られます。

挽歌《ばんか》の詩《し》に擬《ぎ》す　その一

生《せい》有《あ》れば必《かなら》ず死《し》有《あ》り
早《はや》く終《お》うるも命《いのち》の促《ちぢ》まれるには非《あら》ず
昨暮《さくぼ》は同《おな》じく人《ひと》為《た》りしに
今旦《こんたん》は鬼録《きろく》に在《あ》り
魂気《こんき》は散《さん》じて何《いず》くにか之《ゆ》く
枯形《こけい》を空木《くうぼく》に寄《よ》す
嬌児《きょうじ》は父《ちち》を索《さが》して啼《な》き

擬挽歌詩　其一

有生必有死
早終非命促
昨暮同爲人
今旦在鬼録
魂氣散何之
枯形寄空木
嬌兒索父啼

良友《りょうゆう》は我《われ》を撫《ぶ》して哭《な》く
得失《とくしつ》　復《また》た知《し》らず
是非《ぜひ》　安《いず》くんぞ能《よ》く覚《さと》らんや
千秋万歳《せんしゅうばんざい》の後《のち》
誰《だれ》か　栄《えい》と辱《じょく》とを知《し》らんや
但《た》だ恨《うら》む　在世《ざいせ》の時《とき》
酒《さけ》を飲《の》むこと　足《た》るを得《え》ざりしを

良友撫我哭
得失不復知
是非安能覺
千秋萬歳後
誰知榮與辱
但恨在世時
飲酒不得足

生きている人はかならず死ぬ
早く死んだからといって命の時間が短かったわけではない
昨日の夜は元気でいたのに
今日は死者の名簿にのせられている
魂は肉体をはなれてどこへ行くのか
ぬけがらが棺桶の中にいる

幼児は父をさがして泣き
友だちは亡きがらをさすって哭く
死人には利害得失もわからない
ものの是非も判断がつかない
千年万年経ってしまえば
栄誉や恥辱は問題にならない
ただこの世の心のこりは
酒を飲むことが十分でなかったことだ

この詩の最後の二句、「但《た》だ恨《うら》む　在世《ざいせ》の時《とき》　酒《さけ》を飲《の》むこと　足《た》るを得《え》ざりしを」が有名です。あれだけ酒を飲む機会が多かった陶淵明が死にさいして残す言葉が、「やりのこしたことといえば、生きているときもっと酒を飲んでおけばよかった」というのは、いかにも彼らしい台詞《せりふ》です。陶淵明のユーモアのセンスが光っています。

私は、この前の二句「千秋万歳《せんしゅうばんざい》の後《のち》　誰《だれ》か栄《えい》と辱《じょく》とを知《し》らんや」も気に入っています。ひとは栄誉を求め、恥辱を避けて生きようとしますが、千年万年経って誰がそのひとの栄誉や恥辱を知っているというのでしょうか。千年万年もひとは生きられず、そのひとがこの世に存在したことも忘れ去られてしまいます。時の流れのはやい現代では、千年万年といわずに、二、三十年でひとは他人の栄誉や恥辱を忘れてしまいます。そうであるなら栄辱を気にしながら、自分を殺して生きることは意味のない生き方ではないでしょうか。

陶淵明がこの詩を書いた時期を晩年ではないかとする説がありますが、私は、そうは思いません。というのは、詩中に「幼児《おさなご》が父をさがして泣いている」との表現があるからです。陶淵明は詩作の時点で自分が死んだと仮定して、その時の状況を描写しているのですから、幼児《おさなご》がいたことは彼がまだ若かったころの創作とわかります。

陶淵明は、老いを実感するかなり以前から死に対する怖れがあったと前にも書きました。彭沢《ほうたく》県令《けんれい》を辞して、念願の田園生活を始めるにあたって書いた『帰去来《ききょらい》の辞《じ》』の中にも、第三段落の最後に「万物《ばんぶつ》の時《とき》を得《え》たるを善《よし》みして　吾《わ》が生《せい》の行《ゆ》くゆく休《きゅう》せんとするを感《かん》ず」とあります。本心ではない宮仕えを投げ捨て、心は解放感に溢れています。季節は春、万物が時を得て、草も緑を濃くし、花も開こうとしています。そんな中でも、彼は、将来、自分の生が終わる時のことを考えているのです。

挽歌《ばんか》の詩《し》に擬《ぎ》す　その二

在昔《むかし》　酒《さけ》の飲《の》むべき無《な》く
今《いま》は但《た》だ空《むな》しき觴《さかずき》に湛《たた》う
春醪《しゅんろう》　浮蟻《ふぎ》を生《しょう》ず
何《いずれ》の時《とき》か更《さら》に能《よ》く嘗《な》めん
殽案《こうあん》　我《わ》が前《まえ》に盈《み》ち
親旧《しんきゅう》　我《わ》が傍《かたわ》らに哭《な》く
語《かた》らんと欲《ほっ》するも口《くち》に音《おと》無《な》し
視《み》んと欲《ほっ》するも眼《め》に光《ひかり》無《な》し
昔《むかし》　高堂《こうどう》に在《あ》りて寐《い》ぬるも
今《いま》　荒草《こうそう》の郷《きょう》に宿《やど》る
一朝《いっちょう》　門《もん》を出《い》でて去《さ》らば
帰来《きらい》　良《まこと》に未《いま》だ央《つ》きず

擬挽歌詩　其二

在昔無酒飲
今但湛空觴
春醪生浮蟻
何時更能嘗
殽案盈我前
親舊哭我傍
欲語口無音
欲視眼無光
昔在高堂寐
今宿荒草郷
一朝出門去
歸來良未央

むかしは酒を飲みたくても無かったものが
今は誰も飲み手がいない酒が觴《さかずき》になみなみとつがれている
春に醸《かも》した酒が泡を立てている様子は蟻《あり》が浮いているようだが
もうこの酒をのむことはない
美味しそうなお供え物がならんでいるが
かたわらで親戚や友人が哭いている
話をしたくても口がきけない
見ようとしても目が見えない
かつては立派な建物で寝ていたが
今は荒れた草むらに埋められる
ひとたび門を出れば
いつ帰って来ることになるかまったく分からない

この詩は、五言十二句と比較的短い作品となっていますが、「一朝　門を出でて去らば」の句の前に、「荒草《こうそう》　人の眠《ねむ》るべき無《な》く　極《た》だ視《み》れば正《まさ》に茫茫《ぼうぼう》」の句が入っているテキストもあります。

しかし、この後に紹介する『挽歌《ばんか》の詩《し》に擬《ぎ》す　その三』の詩の冒頭に、「荒草《こうそう》　何《なん》ぞ茫茫《ぼうぼう》」の句があり、これと重複するので、この二句が無いテキストを採用することが妥当だと考えます。

また、最後の句「帰来《きらい》　良《まこと》に未《いま》だ央《つ》きず」を「帰来《きらい》　夜《よい》未《ま》だ央《つき》きず」とするテキストもありますが、ここでは「夜《よ》」ではなく「良《まこと》」の文字を採りました。

「春醪《しゅんろう》　浮蟻《ふぎ》を生《しょう》ず」の表現は、春に醸《かも》したばかりの濁り酒は、ぶつぶつ泡をたてることがあるので、その泡を浮かんだ蟻《あり》にたとえたものです。

挽歌《ばんか》の詩《し》に擬《ぎ》す　その三

荒草《こうそう》　何《なん》ぞ茫茫《ぼうぼう》
白楊《はくよう》　亦《ま》た蕭蕭《しょうしょう》たり
厳霜《げんそう》　九月中《くがつちゅう》
我《われ》を送《おく》って遠郊《えんこう》に出《い》ず

擬挽歌詩　其三

荒草何茫茫
白楊亦蕭蕭
嚴霜九月中
送我出遠郊

四面《しめん》に人居《じんきょ》無《な》く
高墳《こうふん》　正《まさ》に嶕嶢《しょうぎょう》たり
馬《うま》は為《ため》に天《てん》を仰《あお》いで鳴《な》き
風《かぜ》は為《ため》に自《おのず》から蕭条《しょうじょう》たり
幽室《ゆうしつ》　一《ひと》たび已《すで》に閉《と》ざせば
千年《せんねん》　復《ふたた》びは朝《あした》あらず
千年《せんねん》　復《ふたた》びは朝《あした》あらず
賢達《けんだつ》も奈何《いかん》ともする無《な》し
向来《きょうらい》　相送《あいおく》りし人《ひと》
各自《かくじ》　其《そ》の家《いえ》に還《かえ》る
親戚《しんせき》　或《ある》いは悲《かな》しみを余《あま》すも
他人《たにん》　亦《また》た已《すで》に歌《うた》う
死《し》し去《さ》っては何《なん》の道《い》う所《ところ》ぞ
体《たい》を託《たく》して山阿《さんあ》に同《おな》じゅうせん

四面無人居
高墳正嶕嶢
馬爲仰天鳴
風爲自蕭條
幽室一已閉
千年不復朝
千年不復朝
賢達無奈何
向來相送人
各自還其家
親戚或餘悲
他人亦已歌
死去何所道
託體同山阿

荒れた草ぼうぼうの地に
ポプラの木がわびしげに立っている
霜の厳しいこの九月に
私の野辺送《のべおく》りに遠くまできてくれた
あたりに人家《じんか》はなく
墓の盛り土が高く聳《そび》えている
馬はそのさびしさに天を仰いで嘶《いなな》き
風はわびし気に吹いている
墓室の扉がひとたび閉ざされれば
千年たっても朝の光は差し込まない
千年たっても朝の光は差し込まず
賢人であろうが道理に通じた人であろうがどうしようもない
ここまで野辺送《のべおく》りにきてくれた人々も
各々《おのおの》家に帰ってしまった
親戚だけはまだ悲しんでいるが

他人はすでに鼻歌をうたっているだろう
死者にとってはそんなことはどうでもいい
この身体はいずれ山の土くれになるのだから

三首を通して、表現はきわめて平易で、一読すれば、その意味が理解できると思います。陶淵明の死生観を考えるうえで、この『挽歌《ばんか》の詩《し》に擬《ぎ》す』はひとつの材料を提供します。この詩を読む限り、陶淵明は自分の死を避けることのできない自然の成り行きと考え、自分の死後の葬儀を冷静で客観的に描写しています。

しかし、この詩で表現された死への考えが、陶淵明の死生観の全てを語っているとは思えません。この詩には一種の「達観《たっかん》」がみられます。ところが、次に紹介する、陶淵明四十五歳のときに作った詩には、死に対する怖れがありありと表れています。第三章に書いた通り、陶淵明の人生は死への「達観」と「怖れ」の間で揺れ動いていましたが、これは現代人においても変わらず、私たちにとっても克服することのできない矛盾として存在し続けています。

◆儒・仏・道教と陶淵明

己酉《つちのととり》の歳《とし》九月《くがつ》九日《ここのか》

靡靡《びび》として秋《あき》已《すで》に夕《く》れ
凄凄《せいせい》として風露《ふうろ》交《ゆきか》う
蔓草《まんそう》は復《ま》た栄《さか》えず
園木《えんぼく》は空《むな》しく自《みずか》ら凋《しぼ》む
清気《せいき》　余滓《よし》を澄《す》まし
杳然《ようぜん》として天界《てんかい》高《たか》し
哀蟬《あいせん》　響《ひび》きを留《とど》むる無《な》く
叢雁《そうがん》　雲宵《うんしょう》に鳴《な》く
万化《ばんか》は相尋繹《あいじんえき》す
人生《じんせい》　豈《あ》に労《ろう》せざらんや

己酉歳九月九日

靡靡秋已夕
凄凄風露交
蔓草不復榮
園木空自凋
清氣澄餘滓
杳然天界高
哀蟬無留響
叢雁鳴雲霄
萬化相尋繹
人生豈不勞

古《いにしえ》より皆《みな》没《ぼっ》する有《あ》り
之《これ》を念《おも》えば中心《ちゅうしん》焦《こ》がる
何《なに》を以《もっ》てか我《わ》が情《じょう》に称《かな》えん
濁酒《だくしゅ》　且《しばら》く自《みずか》ら陶《たの》しまん
千載《せんざい》は知《し》る所《ところ》に非《あら》ず
聊《いささ》か以《もっ》て今朝《こんちょう》を永《なご》うせん

従古皆有没
念之中心焦
何以稱我情
濁酒且自陶
千載非所知
聊以永今朝

秋はすり減るようにくれてゆく
寒々と風が吹き露が降りる
はびこっていた草はしおれ
庭の木も葉を落とす
清らかな気は残っていた汚れをおとし
空は高く果てしなく広がる
悲しげにないていた蝉もなきやんでしまった

雁の群れが雲間に鳴いて飛んで行く
万物は変化して移り変わる
人生は苦労なしにはすまされない
昔から死は避けられないものだ
このことをおもうと心に焦りが生じる
我が心をどうやって慰めることができるのだろうか
濁り酒を飲んでしばらく楽しもう
千年後のことはどうなるかわからない
とりあえず今日を充実させよう

己酉《つちのととり》の歳は四〇九年（安帝の義熙《ぎき》五年）、旧暦の九月九日、重陽《ちょうよう》の節句の時期は、季秋《きしゅう》（秋の季《すえ》）で、冬がすぐそこまできています。詩中の「靡靡《びび》」は、ものごとがすり減るように衰えていく様をあらわす表現ですから、そのままの訳にしました。

陶淵明の田園暮らしも四回目の晩秋です。前年の六月に、自宅を火事により失い、しばらく川にもやった舟で雨露をしのいでいましたが、おそらくこの頃は、仮の住まいで何とか暮らしていたと思います。しかし、生活に余裕などあるはずもなく、隠棲後の田園生活で初めて大きな危機を迎えていたときです。そのころ作った詩ですから、九月九日の重陽《ちょうよう》の節句につきもので、陶淵明があれほど愛した菊の花も登場しません。田園暮らしは、別の見方をすれば農民として生きることで、厳しい肉体労働は避けられません。ですからいつ健康を害し早逝しても不思議はないのです。

自分の死は決して遠い将来のことではなく、すぐそこに迫った恐怖と考えるのも無理のないことです。四季の中で秋はただでさえ物憂い季節です。人生の秋と言えば老年期を意味し、人は肉体の衰えを感じ、やがて訪れる死を予感させられるときです。詩の後段に「古《いにしえ》より皆没《みなぼう》する有《あ》り　之《これ》を念《おも》えば中心焦《ちゅうしんこが》る」との表現があります。この詩にみられるように陶淵明の心は、迫りくる死への恐怖と、この前に紹介した『挽歌の詩に擬す』あるいは、この後に紹介する『自《みずか》ら祭《まつ》る文《ぶん》』にみられる、「死は本宅に帰ること」と考える死への達観との間で揺れ動いていたのです。

陶淵明のこうした死生観の背景には、彼の宗教に対する距離感があると考えることもできます。陶淵明の周辺には、儒教、仏教、道教が混在していました。

儒教については、彼自身が『酒《さけ》を飲《の》む　二十首《しゅ》　その十六』で「遊好《ゆうこう》は六経《りくけい》に在《あ》り」と書いているように、少年時代から儒教の経典に親しんできました。儒教は、現実に処する考えを中心にした学問ですから死については考えることを敬遠してきました。

死について孔子が弟子の子路《しろ》に答えた有名な言葉が『論語』「先進篇」にあります。「未《いま》だ生《せい》を知《し》らず 焉《いずく》んぞ死《し》を知《し》らん」。「まだ生というものがわかっていないのに、どうして死についてわかるのだろうか」との意味です。さらに『論語』「顔淵篇」では、弟子の子夏《しか》の言葉として、「死生《しせい》 命《めい》有《あ》り 富貴《ふうき》 天《てん》に在《あ》り」を紹介しています。人間の生死や財産も地位もすべてが天命で決まっているとの考えです。陶淵明の哲学の根本に「楽天知命」の考えがあることは前に記したとおりです。また、陶淵明が好んで作った「固窮の節」の考えも『論語』「衛霊公篇」に見られる表現であることも前述した通りです。

しかし、儒教は実社会に対する処世訓も多く、現実社会での出世を拒否して田園生活を選んだ陶淵明にとって儒教は超克すべき教えだったことはたしかです。

仏教は、後漢の初期に中国に伝来しましたが、中国に根づく過程で、儒教や道教の要素を取り入れたことは事実です。そんな中で、初期中国仏教の基礎をきずいた道安《どうあん》の弟子の慧遠《えおん》が廬山に居を構え、浄土思想である念仏結社の白蓮社《びゃくれんしゃ》を組織し、東晋の文化人を集めていました。陶淵明も、白蓮社の会合に誘われ、何より仏教徒は酒を飲んではいけないとの戒律があるため、「酒を飲んでもいいというなら……」と暗に入社を断りましたが、「それでもいいから」と入社をすすめられ、白蓮社のある廬山を何度か訪れました。しかし、その後、自然と足が遠ざかり、結局、深い関係を持たずに終わりました。

陶淵明をはじめとした同時代の人々が関心を持ったのは、老荘思想に近い道教です。道教は在来の神仙思想と土着の信仰が合わさって生まれた不老不死を求める宗教でしたが、老荘思想を輸入してから、知識人の間に支持を広げました。老荘思想と一言でいいましたが、『老子』と『荘子《そうじ》』では、その内容に矛盾する部分もあります。そもそも『老子』の筆者とされる老子については、『史記』には、孔子が老子に会って「礼」について教えを乞うたとの記述がありますが、実在の人物かどうか疑わしいとの指摘があります。

一方、『荘子』の著者といわれる荘周《そうしゅう》は戦国時代の魏の恵王《けいおう》（在位紀元前三七〇〜三一九年）と同時代の人物です。現在伝わる『荘子《そうじ》』はかなりの大著ですが、どの部分が荘周自身の手になるものかはっきりしたことはわかっていません。ただ、その思想の中核となる考え方が書かれた「斉物論《せいぶつろん》」には人の生死に関して次のような記述があります。

「予《われ》いずくんぞ生《せい》を悦《よろこ》ぶの、惑《まど》いにあらざるを知《し》らんや。予《われ》いずくんぞ死《し》を悪《にく》むの、弱喪《じゃくそう》にして帰《かえ》るを知《し》らざる者《もの》にあらざるを知《し》らんや」

現代語訳すれば「人間が生に執着することは迷いであるかも知れず、死を忌避することは若くして旅にでた人が帰るべき故郷を忘れてしまったようなものなのかも知れない」との意味です。『荘子《そうじ》』の記述から死について語ったもう少しわかり易い表現をさがすと、「天地篇《てんちへん》」には「万物《ばんぶつ》一府《いっぷ》 死生同状《しせいどうじょう》」との言葉があります。「万物は一体であり、死と生も同じである」ということです。また、陶淵明は、詩の中で荘子が説く「真」の文字を多用していることは前述の通りです。

道教は、老荘思想、とりわけ『荘子《そうじ》』の考え方をもとに神仙思想と結びついたもので、陶淵明は老荘思想には親近感を抱いていましたが、道教の神仙思想とは距離を置き、道教の組織である天《てん》師道《しどう》(五斗米道《ごとべいどう》)に対しては嫌悪感を示していた事情もあります。

こう考えると、陶淵明の精神の裏には近代人の「自我」に似た意識が存在し、そのことが当時のそれぞれの宗教に対して一定の距離を保つことにつながったと思われます。しかし、近代人の「自我」は同時に「孤独」をともなうものであることを後世の私たちは知っています。現代に生きる私たちが陶淵明の作品に惹かれるのは、私たちが毎日の生活の中で抱く疎外感を、一六〇〇年前の彼が同じように感じ、それを詩に昇華させたからではないでしょうか。陶淵明が抱えた悩みは現代の私たちの悩みでもあるのです。

◆人生《じんせい》　實《じつ》に難《かた》し

陶淵明の死は四二七年（宋の文帝の元嘉《げんか》四年）冬のこととされています。享年六十三になります。その死の数カ月前に書かれた『自《みずか》ら祭《まつ》る文《ぶん》』があります。この文が陶淵明の絶筆です。「祭文」は、人の死に際して友人、知人が故人を悼《くや》んで文章を書くのが一般的ですが、ここでも陶淵明は、自身の死について第三者の目を借りて、自ら祭る文を著しています。

自《みずか》ら祭《まつ》る文《ぶん》

歳《とし》は惟《こ》れ丁卯《ひのとう》　律《りつ》は無射《ぶえき》に中《あた》る
天《てん》は寒《さむ》く夜《よ》は長《なが》く　風気《ふうき》は蕭策《しょうさく》たり
鴻雁《こうがん》　于《ここ》に征《ゆ》き　草木黄落《そうもくこうらく》す
陶子将《とうしまさ》に逆旅《げきりょ》の館《やかた》を辞《じ》し
永《とこし》えに本宅《ほんたく》に帰《かえ》らんとす

自祭文

歳惟丁卯　律中無射
天寒夜長　風氣蕭策
鴻雁于征　草木黄落
陶子將辭逆旅之館
永歸於本宅

故人《こじん》悽《せい》として其《そ》れ相悲《あいかな》しみ
同《とも》に今夕《こんせき》に祖行《そこう》すと
羞《そな》うるに嘉蔬《かそ》を以《もっ》てし
薦《すす》むるに清酌《せいしゃく》を以《もっ》てす
顔《かお》を候《うかが》うに已《すで》に冥《くら》く　音《おと》を聆《き》けば愈《いよ》いよ漠《ばく》たり
嗚呼《ああ》　哀《かな》しい哉《かな》
茫茫《ぼうぼう》たる大《おお》いなる塊《つち》と　悠悠《ゆうゆう》たる高《たか》い旻《そら》とは
是《こ》れ万物《ばんぶつ》を生《う》むに　余《われ》は人《ひと》と為《な》るを得《え》たり
余《われ》　人《ひと》と為《な》りて自《よ》り　運《うん》の貧《まず》しきに逢《あ》い
箪《わりご》と瓢《ひさご》は屢《しばし》ば罄《つ》き　絺綌《ちげき》を冬《ふゆ》に陳《し》く
歓《よろこび》を含《ふく》んで谷《たに》に汲《く》み　行《ゆ》くゆく歌《うた》いて薪《たきぎ》を負《お》う
翳翳《えいえい》たる柴門《さいもん》　我《わ》が宵晨《しょうしん》を事《こと》とす
春秋代謝《しゅんじゅうたいしゃ》し　中園《ちゅうえん》に務《つと》め有《あ》り
戴《すなわ》ち耘《くさぎ》り戴《すなわ》ち耔《つち》かえば　迺《すなわ》ち育《そだ》ち迺《すなわ》ち繁《しげ》る
欣《よろこ》ぶに素牘《そとく》を以《もっ》てし　和《わ》するに七弦《しちげん》を以《もっ》てす

故人悽其相悲
同祖行於今夕
羞以嘉蔬
薦以清酌
候顔已冥　聆音愈漠
嗚呼哀哉
茫茫大塊　悠悠高旻
是生萬物　余得爲人
自余爲人　逢運之貧
箪瓢屢罄　絺綌冬陳
含歡谷汲　行歌負薪
翳翳柴門　事我宵晨
春秋代謝　有務中園
載耘載耔　迺育迺繁
欣以素牘　和以七弦

冬《ふゆ》は其《そ》の日《ひ》に曝《さら》し　夏《なつ》は其《そ》の泉《いずみ》に濯《そそ》ぐ
勤《つと》めては労《ちから》を余《あま》すこと靡《な》く　心《こころ》は常《つね》なる閑《いとま》有《あ》り
天《てん》を楽《たの》しみ分《ぶ》に委《ゆだ》ね　以《もっ》て百年《ひゃくねん》に至《いた》る
惟《こ》れ此《こ》の百年《ひゃくねん》を　夫《か》の人《ひと》びとは之《これ》を愛《お》しむ
彼《か》の成《な》ること無《な》きを懼《おそ》れ　日《ひ》を愒《むさぼ》り時《とき》を惜《お》しむ
在《そん》しては世《よ》の珍《ちん》と為《な》り　没《ぼっ》しても亦《ま》た思《おも》われんとす
嗟《ああ》　我《われ》は独《ひと》り邁《ゆ》き　曾《つい》に是《こ》れ茲《ここ》に異《こと》なれり
寵《ちょう》は己《おの》が栄《えい》に非《あら》ず　涅《でつ》も豈《あ》に吾《われ》を緇《くろ》めんや
窮廬《きゅうろ》に捽兀《そつこつ》し　酣飲《かんいん》して詩《し》を賦《ふ》す
運《うん》を識《し》り命《めい》を知《し》るも　疇《たれ》か能《よ》く眷《かえ》りみる罔《な》き
余《われ》の今斯《いまここ》に化《か》す　以《もっ》て恨《うら》み無《な》かる可《べ》し
寿百齢《よわいひゃくれい》に渉《わた》り　身《み》は肥遁《ひとん》を慕《した》う
老《お》いに従《したが》いて終《お》わりを得《え》たるや　奚《なん》の復《ま》た恋《こ》うる所《ところ》ぞ
寒暑逾《かんしょいよ》いよ邁《ゆ》き　亡《ぼう》は既《すで》に存《そん》と異《こと》なる
外姻晨《がいいんあした》に来《きた》り　良友宵《りょうゆうよい》に奔《はし》らん

冬曝其日　夏濯其泉
勤靡餘勞　心有常閑
樂天委分　以至百年
惟此百年　夫人愛之
懼彼無成　愒日惜時
在為世珍　沒亦見思
嗟我獨邁　曾是異茲
寵非己榮　涅豈吾緇
捽兀窮廬　酣飲賦詩
識運知命　疇能罔眷
余今斯化　可以無恨
壽涉百齡　身慕肥遁
從老得終　奚所復戀
寒暑逾邁　亡既異存
外姻晨來　良友宵奔

之《こ》れを中野《ちゅうや》に葬《ほうむ》り　以《もっ》て其《そ》の魂《たましい》を安《やす》んぜん
窅窅《ようよう》たる我《わ》が行《こう》　蕭蕭《しょうしょう》たる墓門《ぼもん》
奢《しゃ》は宋臣《そうしん》を恥《は》じ　倹《けん》は王孫《おうそん》を笑《わら》う
廓《かく》として已《すで》に滅《めっ》し　概《がい》として已《すで》に遐《はるか》なり
封《ほう》ぜず樹《じゅ》せず　日月《にちげつ》遂《つい》に過《す》ぐ
前誉《ぜんよ》を貴《たっと》ぶに匪《あら》ず　孰《たれ》か後歌《こうか》を重《おも》んぜん
人生実《じんせいじつ》に難《かた》し　死《し》　之《これ》を如何《いかん》せん
嗚呼《ああ》　哀《かな》しい哉《かな》

葬之中野　以安其魂
窅窅我行　蕭蕭墓門
奢耻宋臣　儉笑王孫
廓兮已滅　慨焉已遐
不封不樹　日月遂過
匪貴前誉　孰重後歌
人生實難　死如之何
嗚呼哀哉

丁卯《ひのとう》の歳（四二七年、元嘉《げんか》四年）九月
天は寒く夜は長い　冷たい風が寂しく吹いている
雁の群れは飛び去り　草木は葉を落とし
私はいまこの世の仮の宿を旅立ち　永遠にもとの住まいに帰ろうとしている
友人は私の死を悲しみ　死出の旅立ちを送ろうとしている

よき果物や野菜をそなえ　もちろん素晴らしい清酒もそなえてくれた
友人は私の顔をのぞき込むが顔色はすでに黒ずんでいる
私の声を聴こうとおもっても　すでに口はきけなくなっている
ああ哀しいかな
果てしない大地　どこまでも高い空
その間に万物は生まれ　私は幸い人として生まれてきた
しかし生まれてから　運に見放されていた
食べる物にも事欠き　飲み水を入れる瓢箪《ひょうたん》も空《から》になることがあった
夏の着物しかないから　これを冬に蒲団代わりにして
笑顔で谷に水を汲みに行っていた
薪を背負って歩くときも歌を口ずさんでいた
うす暗い柴《しば》の戸が
私が朝まだ暗いころ家を出て帰りも暗くなってからであることを知っている
季節が春から秋へと代わるあいだ　畑で農作業にいそしんだ
草を刈り土を起こして手をかければ　作物は大きく育ち　多くの収穫がある

読書を楽しみ　琴《きん》を奏《かな》でて歌もうたった
冬は日向《ひなた》で暖をとり　夏は水浴びで暑さをしのいだ
働くときは全力で仕事をするから　かえって心に余裕がうまれる
天命を楽しみ分をわきまえてくらして　いま天寿を全うする
このたかだか百年の命に執着するひともいる
ひとは短い人生に何もできずに終わってしまうことをおそれあくせくする
生きているときは称賛され　死んでからも覚えていてもらいたいと思う
ああ　私はひとりで他人とは違う生き方をした
もてはやされることを自分の誇りとは思わず　他人の色にも染まらなかった
あばら家で孤高《ここう》を守って暮らし　好きなときに酒を飲み詩を賦《ふ》した
生死は天命だと知りつつも　いざそのときになるとこの世に未練が残る人もいる
私はいまこうして死出の旅立ちをはじめたが　この世に何の悔いもない
長寿を全うして　これまで世俗を離れて暮らすことにあこがれてきた
こうして老いて死んでいくのだから　名残惜《なごりお》しいことはなにもない
歳月が過ぎ　死者と生者は別の世界にいる

親戚や友人が朝な夕なに私の葬儀に駆けつけてくれる
私の躯《むくろ》を郊外の野に埋葬して　その魂の安らかならんことを祈ってくれる
私は墓の入り口から暗く寂しい旅をはじめる
宋の宰相のような派手な葬儀はごめんだが　王孫《おうそん》のようなケチな葬儀も願い下げだ
私は死んですでにこの世から消えてしまった　空しい気持ちは深い
墓土も高く盛らずに　墓の周りに木も植えないでほしい
歳月は過ぎてゆくものだから
私は生前の名誉を貴ぶものではないし　死後の称賛を得たいとも思わない
それにしても生きることは難しい　死んでしまえば同じことと思いはするが
ああ　哀しいことだ

いくつか難しい表現がでてきます。最初に「律《りつ》は無射《ぶえき》に中《あた》る」は古代中国の音階で、陽の調子の六律《りくりつ》と、陰の調子の六呂《りくりょ》と合わせ十二律として、これを十二カ月に置き換えると無射《ぶえき》は九月のことになります。

「逆旅《げきりょ》の館《やかた》」の「逆《げき》」は迎えるの意味で、旅人を迎える館、つまり旅館になります。

「茫茫《ぼうぼう》たる大《おお》いなる塊《つち》と　悠悠《ゆうゆう》たる高《たか》い旻《そら》とは　是万物《こればんぶつ》を生《う》むに　余《われ》は人《ひと》と為《な》るを得《え》たり」では、「得」の文字に注目です。老荘の思想では、天地の間の「気《き》」によって万物は生じ、そのなかの一番優れた気があつまって人を創るとされています。「得」の文字には、「満足している」、「得意になる」の意味があります。私は、現代語訳で「幸い人として生まれてきた」と表記しましたが、この表現からも陶淵明は老荘思想の影響を受けていたことがわかります。

「絺綌《ちげき》を冬《ふゆ》に陳《し》く」の絺綌《ちげき》はともに葛《くず》の糸で織った布で、絺《ち》は目の粗い布、綌《げき》は目の細やかな布、いずれも夏の布ですが、それを冬に布団代わりにしていたのです。

詩中の「欣《よろこ》ぶに素牘《そとく》を以《もっ》てし　和《わ》するに七弦《しちげん》を以《もっ》てす」は、書物を読み、音楽を楽しむことが好きだとの意味で、彼の詩にはたびたび琴《きん》が登場します。中国の伝統的な琴《きん》は七弦琴と呼ばれ、弦が七本あるのが一般的です。梁《りょう》の蕭統《しょうとう》の『陶淵明伝』に次のような記述があります。

「淵明《えんめい》は音律《おんりつ》を解《かい》せず　而《しか》れども無弦琴一張《むげんきんいっちょう》を蓄《たくわ》え　酔《よ》うて適《てき》する毎《ごと》に　輒《すなわ》ち撫弄《ぶろう》して以《もっ》てその意《い》を寄《よ》す」。つまり、陶淵明は音痴で、琴も弾けずに、酔うと無弦の琴を撫でて思いのたけを歌っていたと記述しています。この表現をそのまま受け取ると、陶淵明にとっては、名誉をはなはだ毀損《きそん》されるものだと思います。

「琴《きん》、棋《き》、書《しょ》」は当時の知識人のたしなみで、厳しい儒教の教育をうけた陶淵明は子どものころから琴を習ったに違いありません。晩年の詩である『古詩《こし》に擬《ぎ》す　九首《しゅ》　その五』の中で、次のように表現しています。

我《われ》の故《ことさら》に來《きた》る意《い》を知《し》り　琴《こと》を取《と》りて我《わ》が為《ため》に弾《だん》ず
上弦《じょうげん》　別鶴《べっかく》をもて驚《おどろ》かせ　下弦《かげん》　孤鸞《こらん》をもて操《あやつ》る

知我故來意　取琴爲我弾
上弦驚別鶴　下弦操孤鸞

『別鶴《べっかく》』、『孤鸞《こらん》』とも琴の名曲で、陶淵明は、この二つの琴の曲の調べが妙なることを理解できたわけですから、音痴という批判はあたらなかったと思います。また「無弦《むげん》の琴《きん》」については次のような解釈も成り立ちます。すなわち、陶淵明は貧困にあえいでいたから、琴の弦が切れても、新しい弦を買うお金がなかったので、そのまま弦のない琴を手にしていたとする説です。たしかにそんなときもあったかも知れません。しかし、この「無弦《むげん》の琴《きん》」については、明の時代の洪応明《こうおうめい》(自誡《じせい》)の著とされる『菜根譚《さいこんたん》』「後集八」に次のような記述があります。

人《ひと》は有字《ゆうじ》の書《しょ》を読《よ》むを解《かい》して
無字《むじ》の書《しょ》を読《よ》むを解《かい》せず
有弦《ゆうげん》の琴《きん》を弾《だん》ずるを知《し》りて
無弦《むげん》の琴《きん》を弾《だん》ずるを知《し》らず
迹《あと》を以《もっ》て用《もち》い　神《かみ》を以《もっ》て用《もち》いず
何《なに》を以《もっ》てか琴書《きんしょ》の趣《おもむき》を得《え》ん

人解讀有字書
不解讀無字書
知彈有弦琴
不知彈無弦琴
以迹用　不以神用
何以得琴書之趣

人は文字が書いてある書を読むことは理解しても　文字のない書物を読むことが
できない
弦のある琴を弾くことはできても　弦のない琴の弾き方を知らない
これは　文字や弦という形にとらわれているので　文字や弦を通じて表現される
真理や音楽を理解する精神がない
この心を用いなければ　どうして書や琴のもつ趣を理解できるというのだ

『菜根譚《さいこんたん》』の筆者とみなされている洪応明《こうおうめい》（自誠《じせい》）は、明の思想家で、この書の内容は、儒仏道の三つの宗教が混じり合ったものといわれています。陶淵明の思想も、ある意味、儒仏道教を合一したものといえますから、陶淵明が「無弦の琴」を抱いていた本当の理由は、『菜根譚《さいこんたん》』が説く通りだとすると、深い意味が生じます。

「涅《でつ》も豈《あ》に吾《われ》を緇《くろ》めんや」の「涅《でつ》」とは黒い土、または黒く染めるための明礬《みょうばん》のこと。つまり「黒い明礬で私を染めようとしても染まらない」と己の意思の固さを強調する言葉です。

また「奢《しゃ》は宋臣《そうしん》を恥《は》じ　倹《けん》は王孫《おうそん》を笑《わら》う」の宋臣とは春秋時代の宋の司馬《しば》桓魋《かんたい》のことで、彼は、自分の生前に豪華な墓を作りました。また孔子が宋国にいたとき孔子一行を迫害したことでも有名な人物です。一方、王孫《おうそん》は前漢の楊王孫《ようおうそん》のことで、臨終に際して、「吾《われ》　裸葬《らそう》を欲《ほっ》す」といったと伝わっています。

陶淵明は自分の葬儀に桓魋《かんたい》のようにお金をかけなくていいが、かといって王孫《おうそん》のように裸で埋葬するようなしみったれた葬儀もごめんだと言っています。陶淵明は、この詩が作られた四二七年（宋の文帝の元嘉《げんか》四年）九月の二カ月後の十一月に帰らぬ人となっています。陶淵明の晩年は病と貧困に苦しめられた歳月でした。四二六年（宋の文帝の元嘉《げんか》三年）、死の一年前に陶淵明はすでに病床に伏すことがほとんどの毎日でした。新たに江州刺史《こうしゅうしし》となった檀道済《たんどうせい》が、陶淵明に見舞いの酒と肉を届けようとしましたが、陶淵明は受け取りを拒絶しています。晋王朝を滅ぼした宋は認めないとの固い決意があったものと思われます。陶淵明の名の「潜《せん》」は時代が宋に替わってから自ら名付けたとの説があります。「潜」の文字は言うまでもなく「ひそむ、もぐる」の意味ですから、宋の時代になって、自分はこの忌まわしい王朝のもとで決して浮かび上ることはない、身を深く沈めようとの決意のこもった抗議の改名と考えることができます。

陶淵明のおくり名は靖節《せいせつ》、「やすらかで節操がある」の意味です。死後人々は陶淵明を親愛の情をこめて「靖節先生」と呼び、子々孫々にわたって彼のつくった詩を愛唱しました。

陶淵明は、自身の人生を総括する言葉として最後に、「人生《じんせい》　実《じつ》に難《かた》し」、「生きることは何と難しいことか」と記しています。陶淵明の波乱に満ちた六十三年の生涯を考えると、実に重いことばで、この文を読む人の心の中に澱《おり》のようになって残ります。

（完）

あとがき

本書を書くきっかけは、二年前、私がそれまで足かけ五年にわたって書きためた北宋の詩人蘇軾《そしょく》（蘇東坡《そとうば》）についての著書『蘇軾─その詩と人生』を完成させ、中国芸術研究院名誉教授（当時）だった龍愁麗《りゅうしゅうれい》女士に献本をした際、彼女から「中国詩人の本をあと二冊書いて、三部作にしたら」との提案をいただいたことに由ります。龍愁麗《りゅうしゅうれい》女士は、昨年秋に突然、この世を去ってしまいました。急逝する前、お目にかかった時に、「陶淵明について書くことにしました」と報告すると、「むずかしい詩人を選びましたね。日本人は、中国のあの時代の歴史についてあまり知識がないし、陶淵明の人物像は複雑だし……」と、意見を述べてくれました。

その時、私は、すでに原稿を書き始めていましたから、「むずかしいけどやりがいがあります。書き上げたら真っ先にお目にかけます。ぜひまたご意見を聞かせてください」と答えたことを記憶しています。

実は三部作とのアイデアが龍愁麗《りゅうしゅうれい》女士から出され、ほどなく「陶淵明を書こう」と私が決めた理由は、私に漢詩を読む楽しみを教えてくれた父が、最も好んで読んだ中国の詩が陶淵明の作品だったからです。鹿児島生まれで、焼酎や日本酒が大好きだった父の書棚には、陶淵明関係の書籍が並んでいました。この原稿を書くに際して、目を通した陶淵明関連の書籍の多くは、父が残してくれた本で、あらためてページをめくると、父が赤鉛筆で印をつけて熱心に陶淵明の詩を読んだ跡がうかがえました。

夜遅く、私たちが寝入ってしまった後、ほろ酔い気分で一人書斎にこもり、読みふけったであろう陶淵明の同じ詩を半世紀近く経て、私が再び目を通すと、そこに父の息遣いを感じることができました。この本の執筆を通じて私は、父と再び巡り合える幸せな時間を過ごすことになりました。亡き母の死去に際しては、母をしのぶ文章を書き、つたない五言絶句も作りましたが、父の死に関しては、これまで一編の文章も一首の詩も著していません。その意味で、本書は亡くなった父、そして本書に目を通すことなく他界した龍愁麗《りゅうしゅうれい》女士の二人に捧げる鎮魂の書です。

本書の原稿を書き上げたところで、わが国漢詩学の泰斗であった石川忠久先生の訃報が届きました。石川先生とは、私が六十過ぎて自分で漢詩を作り始めてからの交流ですから、決して長い付き合いであったとはいえません。また、詩作ではまだまだ未熟な私をご指導いただき、先生の号、「岳堂《がくどう》」の一字をとって「飄堂《はんどう》」との過分な名前を頂戴しました。

すでに何年も前から「絶滅危惧種」といわれた漢詩の世界で石川先生の存在がかろうじて漢詩を「絶滅」から救っていたともいえます。先生を失って、まだその喪失感から立ち上がることのできない私ですが、本書を先生に捧げて、今後も、漢詩の勉強を怠らないことを霊前に誓いたいと思います。

結びに、旧くからの畏友で元小学館の編集者で現在、獨協大学講師の大澤昇さんには貴重なアドバイスをいただいたことに深謝し、本書の編集を担っていただいたフリーランス編集者の高谷治美さんと出版元であるアジア太平洋観光社の皆さんの丁寧な仕事ぶりにも感謝したいと思います。

そして、本書を最後まで読んでくださった皆さんに心からお礼申し上げます。

二〇二二年十月

海江田万里

◆（主要参考図書）

●『陶淵明　中国詩人選集4』一海知義注、1958年、岩波書店
●『陶淵明全集上・下』松枝茂夫・和田武司訳注、1990年、岩波文庫
●『陶淵明伝』吉川幸次郎著、1989年、中公文庫
●『中国現代文学全集2　魯迅集』編集委員小野忍他、1983年、平凡社
●『劉裕』吉川忠夫著、2022年、法蔵館文庫
●『白居易（下）中国詩人選集13』高木正一注、1958年、岩波書店
●『蘇軾（上・下）中国詩人選集二集6』小川環樹注、1962年、岩波書店
●『中国の歴史6』陳舜臣、1981年、平凡社
●『人物中国の歴史　長安の春秋6』駒田信二編、1981年、集英社
●『中国古典詩聚花　隠逸と田園』石川忠久著、1984年、小学館
●『中国古典詩聚花　友情と別離』高島俊男・成瀬哲生著、1985年、小学館
●『中国古典詩聚花　美酒と宴遊』山之内正彦・成瀬哲生著、1985年、小学館
●『中国友情詩集』大野實之助著、1972年、産報

●『中国古典文学大系4』金谷治他訳、1973年、平凡社
●『中国古典新書　菜根譚』今井宇三郎、1967年、明徳出版社
●『中国古典新書　老子』山室三良、1967年、明徳出版社
●『中国の思想12　荘子』岸陽子訳、1965年、徳間書店
●『中国哲学史』中島隆博著、2022年、中公新書
●『宗教の世界史4　仏教の歴史』末木文美士編、2018年、山川出版
●『宗教の世界史5　儒教の歴史』小島毅著、2017年、山川出版
●『宗教の世界史6　道教の歴史』横手裕著、2015年、山川出版
●『漢詩と人生』石川忠久、2010年、文春文庫
●『日本人の漢詩』石川忠久、2003年、大修館書店
●『漢詩一日一首』一海知義著、1976年、平凡社
●『中国故事物語』後藤基一他、1961年、河出書房新社
●『鑑賞中国の古典⑬陶淵明』都留春雄、釜谷武志、1998年、角川書店
●『中国詩跡の旅その一、二』山﨑昌弥著、2007年、竹里館
●『中国傑物伝』陳舜臣、1991年、中央公論社

●『中国美術史』マイケル・サリバン、1973、新潮社
●『陶淵明傳』（挿図版）李長之、2020年、天津出版傳媒集団
●『只為山水来此人間　陶淵明傳』隨園散人、2019年、江蘇鳳凰文芸出版社
●『陶淵明経緯』銭志熙著、2019年、北京大学出版社
●『一念桃花源』（美）比尓・波特著、李昕訳、2018年、中信出版集団
●『説陶淵明飲酒及拟古詩』葉嘉瑩著、2018年、中華書局
●『陶淵明遺産』張煒著、2016年、中華書局
●『澄明之境　陶淵明新論』戴建学著、2019年、上海文芸出版社
●『中国史稿地図集　上冊』郭沫若主編、1979年、地図出版社
●『陶淵明的心霊世界与藝術天地』孫静著、2009年、大象出版社
●『中国未解之謎』樊文龍主編、2006年、甘粛文化出版社
●『中国絵画』唐訳編著、2006年、中国戲劇出版社
●『国学経典詩』楊小亮編著、2004年、北京出版社
●『古文二百篇』1998年、上海辞書出版社

◆陶淵明年譜

皇帝	年号（西暦）	年齢	陶淵明の事跡	主要作品	その他事跡
東晋 哀帝	興寧《こうねい》3（三六五年）	1	江州尋陽《じんよう》郡柴桑《さいそう》に生まれる（江州豫章《よしょう》郡宜豊《ぎほう》の説も） 父の名は不明 母は孟家の娘		
廃帝	太和《たいわ》4（三六九年）	5			前燕《ぜんえん》滅亡
簡文帝	咸安《かんあん》2（三七二年）	8	父を亡くす（？）		簡文帝《かんぶんてい》崩御、孝武帝即位 裴松之《はいしょうし》生まれる
孝武帝	寧康《ねいこう》1（三七三年）	9			桓温《かんおん》没（62歳）
	寧康3（三七五年）	11	妹の母（庶母）を亡くす（三七六年の説もある）		
	太元《たいげん》4（三七九年）	15			王羲之《おうぎし》没（59歳）

孝武帝	太元6（三八一年）	17	従弟陶敬遠《とうけいえん》誕生		
	太元8（三八三年）	19			淝水《ひすい》の戦い、前秦軍敗北
	太元9（三八四年）	20	この頃妻をめとる		顔延之《がんえんし》生まれる
	太元10（三八五年）	21			謝霊運《しゃれいうん》誕生
	太元11（三八六年）	22		この頃 『閑情の賦』 『五柳先生伝』 『子に命《なづ》く』	拓跋珪《たくばつけい》国号を魏（北魏）と改める
	太元13（三八八年）	24			王献之《おうけんし》没（45歳） 謝玄《しゃげん》没（46歳）
	太元18（三九三年）	29	江州祭酒《さいしゅ》として出仕 すぐに辞職、その後江州主簿として招かれるが辞退		
	太元19（三九四年）	30	最初の妻と死別 その後翟《てき》氏と再婚 二人の妻との間に五人の男児をもうける		前秦亡ぶ

皇帝	年号（西暦）	年齢	陶淵明の事跡	主要作品	その他事跡
安帝	隆安《りゅうあん》2（三九八年）	34			王恭、桓玄ら反乱を起こす。劉牢之《りゅうろうし》これを討つ
	隆安3（三九九年）	35	江州刺史桓玄《かんげん》に仕える	『始めて鎮軍参軍と作り曲阿を経しとき作る』（四〇四年作の説もある）	十月孫恩蜂起、劉牢之が討伐、劉裕《りゅうゆう》が活躍 十二月桓玄、江陵を攻め楊《よう》全期、殷仲堪《いんちゅうかん》を殺害 荊江二州に大洪水
	隆安4（四〇〇年）	36	五月建康《けんこう》に使いして帰る	『庚子《かのえね》の歳五月中都より還るに風に規林に阻る』	三月桓玄、江州刺史となる
	隆安5（四〇一年）	37	休暇をとり江陵より尋陽に帰る 実母の孟氏亡くなり従弟の敬遠《けいえん》と喪に服し、躬耕《きゅうこう》生活に入る	『辛丑《かのとうし》の歳七月赴仮して江陵に還らんとし夜塗口を行く』『斜川に遊ぶ』（？）	六月孫恩軍京口に迫るが隆裕これを撃退する
	元興《げんこう》1（四〇二年）	38	実母の喪に服す	『郭主簿に和す』『晋故征西大将軍長史孟府君伝』（？）『子を責む』	孫恩自殺 二月桓玄建康を攻め劉牢之自殺

安帝	元興2（四〇三年）	39	実母の喪に服す	『癸卯《みずのとう》の歳始春田舎に懐古す』『癸卯《みずのとう》の歳十二月中作り従弟敬遠に与う』	十二月桓玄晋を奪う、国号を楚と改め、安帝を尋陽に幽閉
	元興3（四〇四年）	40	京口《けいこう》に赴き鎮軍将軍劉裕《りゅうゆう》の参軍となる	『連雨独飲』	二月劉裕、桓玄を攻める 三月劉裕建康を占領、鎮軍将軍となる 五月桓玄、江陵で敗死
	義熙《ぎき》1（四〇五年）	41	三月建威将軍劉敬宣《りゅうけいせん》の参軍として都に使いする 秋彭沢《ほうたく》県令となるが八十一日で辞職して郷里に帰る 程氏に嫁いだ妹没	『乙巳《きのとみ》の歳三月建威参軍と為り都に使して銭渓《せんけい》を経』 『帰去来兮辞』	三月安帝、建康に帰る 四月劉裕、京口に暮府を開く
	義熙2（四〇六年）	42	以降田園暮らし	『園田の居に帰る』 『山海経を読む』（？） 『酒を飲む』（？）	
	義熙3（四〇七年）	43		『程氏の妹を祭る文』	
	義熙4（四〇八年）	44	六月火災に遭う	『戊申《つちのえさる》の歳六月中火に遭う』	劉裕、揚州刺史、録尚書事となり大権を握る
	義熙5（四〇九年）	45		『己酉《つちのととり》の歳九月九日』	劉裕、南燕を討つ

皇帝	年号（西暦）	年齢	陶淵明の事跡	主要作品	その他事跡
安帝	義熙《ぎき》6（四一〇年）	46		『庚戌《かのえいぬ》の歳九月中西田に早稲《そうとう》を穫《か》る』	二月南燕亡ぶ
	義熙7（四一一年）	47	南村《なんそん》に遷る 従弟敬遠《けいえん》没（31歳）	『移居』 『従弟敬遠を祭る文』	劉裕、大尉となる
	義熙8（四一二年）	48		『殷晋安と別る』	友人の殷景仁《いんけいじん》、劉裕の参軍となる
	義熙9（四一三年）	49	著作郎に推挙されるが辞退	『五月旦の作戴主簿に和す』『形影神』	鳩摩羅什《くまらじゅう》没（69歳）
	義熙11（四一五年）	51	顔延之《がんえんし》、江州刺史劉柳の参軍となり尋陽に来る マラリヤに患る	『挽歌の詩に擬する』	顔延之《がんえんし》、江州刺史劉柳の後軍曹となる
	義熙12（四一六年）	52	顔延之尋陽を去る	『丙辰《ひのえたつ》の歳八月中下潠《かそん》の田舎に穫る』	十月劉裕、洛陽を占領
	義熙13（四一七年）	53			八月劉裕、長安を攻め後秦を亡ぼす
	義熙14（四一八年）	54	江州刺史となった王弘《おうこう》から度々酒を贈られる	『怨詩楚調龐《ほう》主簿・鄧治中に示す』 『桃花源記』（？）	十二月劉裕相国となり、晋の安帝を扼殺《やくさつ》し、恭帝を擁立

東晋 恭帝 ← 宋 武帝	永初《えいしょ》1（四二〇年）	56	名を潜と改める（？）		六月劉裕、恭帝を廃し、自ら帝位に就き、国号を宋と改める
	永初2（四二一年）	57	劉裕の帝位さん奪に憤り詩作で抗議する	『酒を述ぶ』『子の儼等に与うる疏』	九月恭帝（零陵王）殺される
少帝	永初3（四二二年）	58			五月劉裕没（60歳）少帝（劉義符）即位
	景平《けいへい》1（四二三年）	59	顔延之が始安郡太守となり尋陽に立ち寄り二万銭を陶淵明に贈る		
文帝	景平2—元嘉《げんか》1（四二四年）	60	病状が悪化する	『龐参軍に答う』	五月少帝殺される 八月文帝（劉義隆）即位
	元嘉3（四二六年）	62	病状さらに悪化 貧困に苦しむ	『会《さと》ること有りて作る』	顔延之、中書侍郎となる
	元嘉4（四二七年）	63	十一月病没 顔延之、誄《るい》を書き、靖節《せいせつ》と諡《おくりな》する	『自ら祭る文』	

海江田万里（かいえだ・ばんり）

1949年東京生まれ。1972年慶應義塾大学卒業。経済評論家としてテレビ、ラジオ、新聞、雑誌などで活躍。1993年衆議院議員選挙に初当選。2011年に経済産業大臣のときに東日本大震災、原発事故に遭遇。衆議院財務金融委員長、決算行政監視委員長などを歴任。名前の「万里」は「万里の長城」に因んで名付けられた。1975年から中国研究所で中国語の勉強をはじめ、1975年の初訪中以降100回以上にわたって中国を訪問。中国の政・官・財界に多くの友人を持つ。自ら漢詩をつくるなど中国文化にも造詣が深い。公益財団法人日中友好会館評議員、一般社団法人日中国際交流協会会長などを務める。漢詩関係の著書は『海江田万里の音読したい漢詩・漢文傑作選』(小学館)、『人間万里塞翁馬』(双葉社)などがある。現在は第68代の衆議院副議長を務めている。

表紙画　「武陵桃源図巻」(遠山美術館)

混迷の時代を生き抜く智慧

陶淵明　その詩と人生

二〇二二年十二月七日　第一刷発行

著　者　海江田万里
発行者　劉莉生
発行所　株式会社アジア太平洋観光社
〒一〇七-〇〇五二　東京都港区赤坂六丁目一九番四六号ＡＰＴビル三階
ＴＥＬ：〇三-六二二八-五六五九　ＦＡＸ：〇三-六二二八-五九九四
Email : info@visitasia.co.jp
発売元　**株式会社星雲社（共同出版社・流通責任出版社）**
編　集　WomanPress　高谷治美
カバーデザイン・組版　鄭玄青（アジア太平洋観光社）
印刷・製本　株式会社教文堂

ISBN978-4-434-31255-7